この声とどけ！

放送部にひびく不協和音!?

神戸遥真・作
木乃ひのき・絵

集英社みらい文庫

プロローグ

ドジでおっちょこちょいでいつも失敗《しっぱい》ばかり、自信《じしん》なんてこれっぽっちもなくて何《なに》をやっても長《なが》つづきしない。

そんなあたしが中学生《ちゅうがくせい》になったところで、変《か》われるわけなんてない――

そうあきらめかけてたけど、やればできるんだって教《おし》えてくれたのが放送部《ほうそうぶ》の五十嵐先《いがらしせん》パイだった。

あたしだって本当《ほんとう》はデキる自分《じぶん》になりたい。

少《すこ》しでも先《せん》パイに追《お》いつきたい。

変《か》わりたい。

決意《けつい》したあたしは、五十嵐先《いがらしせん》パイに誘《さそ》われて放送部《ほうそうぶ》に入部《にゅうぶ》することに！

それから色々《いろいろ》あったけど、同《おな》じ一年生《ねんせい》のヒビキくんとも仲《なか》よくなれて、幽霊部員《ゆうれいぶいん》だったアサギ先《せん》パイも放送部《ほうそうぶ》にもどってきて、ずっと休止《きゅうし》していたお昼《ひる》の放送《ほうそう》も再開《さいかい》できた。もうすぐ行《おこな》われる体育祭《たいいくさい》のアナウンスを担当《たんとう》することにもなって、放送部《ほうそうぶ》はいよいよこれからってときだった。

——なのに。

「おれ、この子《こ》とつきあってるんだ」

なんてアサギ先《せん》パイは、あたしのことをカノジョみたいに言《い》うし。

「体育祭《たいいくさい》のアナウンス、おれ、できないかも」

なんてヒビキくんは、暗《くら》い顔《かお》で放送室《ほうそうしつ》をでていっちゃうし。

おまけに五十嵐先《いがらしせん》パイは何《なに》を考《かんが》えてるのかさっぱりわからなくて、しまいには放送部《ほうそうぶ》がバラバラになっちゃって……。

いったい全体《ぜんたい》、何《なに》がどうしてこんなことに？

人物紹介《じんぶつしょうかい》

藍内陽菜《あいうちひな》

中《ちゅう》1。ドジ・キャラを捨《す》てて、「何《なに》かをできる自分《じぶん》になりたい！」という目標《もくひょう》をかかげ、あこがれの五十嵐先《いがらしせん》パイがいる放送部《ほうそうぶ》に入部《にゅうぶ》。

奏野《そうの》 響《ひびき》

中《ちゅう》1。五十嵐先《いがらしせん》パイの幼《おさな》なじみ。放送部所属《ほうそうぶしょぞく》。思《おも》ったことが、顔《かお》と言葉《ことば》にでるタイプ。

五十嵐《いがらし》 流《ながれ》

中《ちゅう》2。放《ほう》送《そう》部《ぶ》の部《ぶ》長《ちょう》。クールで感《かん》情《じょう》表《ひょう》現《げん》が少《すく》ないけれど、面《めん》倒《どう》見《み》のいい性《せい》格《かく》。ヒナを放《ほう》送《そう》部《ぶ》にスカウトする。

宮《みや》下《した》知《ち》花《か》

ヒナのクラスメイトで、小《しょう》学《がっ》校《こう》時《じ》代《だい》からの親《しん》友《ゆう》。おしゃべり好《ず》きで情《じょう》報《ほう》ツウ。新《しん》聞《ぶん》部《ぶ》所《しょ》属《ぞく》。

鶴《つる》谷《たに》浅《あさ》黄《ぎ》

中《ちゅう》2。明《あか》るくて人《ひと》なつっこい性《せい》格《かく》。放《ほう》送《そう》部《ぶ》の幽《ゆう》霊《れい》部《ぶ》員《いん》だったけど、部《ぶ》に復《ふっ》帰《き》した。

景《かげ》山《やま》大《だい》輔《すけ》

ヒナのクラスの担《たん》任《にん》で、放《ほう》送《そう》部《ぶ》の顧《こ》問《もん》。むらさき色《いろ》のジャージがトレードマーク。

目《もく》次《じ》

アサギ先《せん》パイがついたウソ……

ヒビキくんの放《ほう》送《そう》部《ぶ》離《り》脱《だつ》……

部《ぶ》内《ない》に起《お》こる色《いろ》んなことが、あたしと五十嵐《いがらし》先《せん》パイの関《かん》係《けい》をぎくしゃくさせて……!?

あたし、五十嵐《いがらし》先《せん》パイに避《さ》けられてる……??

もうどうしたらいいかわからない――。

1 つきあってるんだ

六月《がつ》になって、制服《せいふく》は冬服《ふゆふく》から半《はん》そでの夏服《なつふく》に衣《ころも》がえ。

気持《きも》ちも一新《いっしん》、放送部《ほうそうぶ》のお昼《ひる》の放送《ほうそう》も絶好調《ぜっこうちょう》——

なんて、気《き》がゆるんでたのかも。

あたしはしくじってしまった。

その日《ひ》のお昼《ひる》の放送《ほうそう》では、ダンスコンテストで入賞《にゅうしょう》したダンス部《ぶ》のメンバー三人《にん》のインタビュー音声《おんせい》を流《なが》していた。

インタビュー自体《じたい》は事前《じぜん》に録音《ろくおん》したものだから、それを流《なが》したあとにひと言《こと》コメントするだけでいい。

インタビューのときに調《しら》べたダンス部《ぶ》三人《にん》のプロフィールや、コンテストの演技《えんぎ》の動画《どうが》も復習《ふくしゅう》ずみ。もちろんコメントも考《かんが》えてある。

そして、インタビュー放送《ほうそう》がメインだったから、放送当番《ほうそうとうばん》は二年生《ねんせい》の五十嵐先《いがらしせん》パイとあたしの二人《ふたり》だけ。

先《せん》パイにデキるところを見《み》せるチャンス、準備《じゅんび》はばんたんだ。

簡易放送《かんいほうそう》のときに使《つか》う機材室《きざいしつ》で、あたしはドキドキしながら五十嵐先《いがらしせん》パイとならんで座《すわ》ってた。流《なが》していたインタビューはもうすぐおわりだ。

放送卓《ほうそうたく》のマイクに少《すこ》し近《ちか》づいて、五十嵐先《いがらしせん》パイがはじめて会《あ》ったときにくれた呪文《じゅもん》を心《こころ》のなかでとなえる。

ゆっくり、おちついて、深呼吸《しんこきゅう》して、背《せ》すじをのばして――

姿勢《しせい》を正《ただ》すと気持《きも》ちもしゃんとする。

先《せん》パイがマイクの音量《おんりょう》を調整《ちょうせい》するフェーダーというつまみを動《うご》かしたのを合図《あいず》に、あたしはしゃべりはじめた。

「ダンス部《ぶ》のみなさんのインタビューでした。インタビューにこたえてくださった鈴木《すずき》さん、林《はやし》さん、森《もり》さん、ありがとうございました！」

よし、ここまではばっちり！

「コンテストの演技《えんぎ》、動画《どうが》で観《み》たんですけどとってもステキでした！　センターの鈴木《すずき》さんの動《うご》きがすごくカッコよかったです！　特《とく》に後半《こうはん》の、足《あし》の動《うご》きが複雑《ふくざつ》になるところは目《め》がくぎづけでした」

そんな風《ふう》にダンスのよかったところをコメントしていたときだった。

それまでだまっていた先《せん》パイが急《きゅう》にマイクに近《ちか》づいた。

「林《はやし》さんのソロ部分《ぶぶん》もよかったですよね」

え、と思《おも》って目《め》をまたたいたけど、あたしはあわててこたえた。

「そうですね。すごくステキでじっくり観《み》ちゃいました」

「あと、森《もり》さんは手《て》の動《うご》きがとても細《こま》やかでした」

「指先《ゆびさき》まで神経《しんけい》が行《い》きとどいてる感《かん》じでしたよね」

困惑《こんわく》しながらも、あたしは先《せん》パイの言葉《ことば》にこたえていく。

先《せん》パイは今日《きょう》は機材《きざい》の操作《そうさ》だけやるはずで、話《はな》す予定《よてい》じゃなかったのに。

それから少《すこ》しして、先《せん》パイはあたしに目配《めくば》せしてから壁《かべ》の時計《とけい》を見《み》た。お昼《ひる》の放送《ほうそう》はおしまいの時間《じかん》だ。

あたしはマイクの前に座《すわ》りなおし、お決《き》まりのセリフで放送《ほうそう》をおわりにした。

「それでは、今日《きょう》のお昼《ひる》の放送《ほうそう》はここまでになります。聞《き》いていただいてありがとうございました！　放送部《ほうそうぶ》がお送《おく》りしました」

先《せん》パイが放送卓《ほうそうたく》を操作《そうさ》して音楽《おんがく》が流《なが》れだし、あたしはマイクからはなれた。そのままいすの背《せ》もたれに寄《よ》りかかる。

……この間《あいだ》の打《う》ちあわせとちがう流《なが》れになっちゃった。

何《なに》かヘマしちゃったのかな、って不安《ふあん》になって先《せん》パイの横顔《よこがお》をそっと見《み》てみたけど、いつもクールであまり表情《ひょうじょう》が動《うご》かないので心《こころ》のなかはさっぱり読《よ》めない。

あたしの視線《しせん》に気《き》がつくと、先《せん》パイは「ごめん」とあやまってきた。

「急《きゅう》に横《よこ》から口《くち》だしたからおどろいたよね」

その声《こえ》はいつもどおりおだやかで、少《すく》なくとも怒《おこ》ってはないみたいでホッとする。

あたしは姿勢《しせい》を正《ただ》して先《せん》パイのほうをむいた。

「あたし、何《なに》かまずいこと言《い》っちゃいましたか？」

放送部《ほうそうぶ》に入《はい》ってからまだ二か月《げつ》も経《た》ってないけど、言葉《ことば》がむずかしいっていうのはわかってるつもりだ。

一度口《いちどくち》からでた言葉《ことば》はかんたんにはとり消《け》せない。

だからこそ、コメントは前《まえ》もって考《かんが》えてきたものだし、言葉《ことば》も選《えら》んだつもりだったのに。

流《なが》れていたお昼《ひる》の放送《ほうそう》の音楽《おんがく》がおわると、防音《ぼうおん》になってる放送室《ほうそうしつ》はとたんに静《しず》かになる。

「ヒナさんのコメントの内容《ないよう》が悪《わる》かったわけじゃないよ」

先《せん》パイはあたしを気《き》づかうようなやさしい声《こえ》で説明《せつめい》してくれた。

「ただ、鈴木《すずき》さんについてだけコメントしようとしてるのかなって思《おも》って」

ダンス部《ぶ》の動画《どうが》を観《み》たあたしは、そのなかでも特別《とくべつ》に上手《じょうず》だった鈴木《すずき》さんのダンスに感《かん》動《どう》したので、たしかにそれについてコメントしようとしてた。

「鈴木《すずき》さんのダンス、すごかったですよね」

「うん、ぼくも思《おも》った」

じゃあどうして、って考《かんが》えたあたしを見《み》すかしたように、先《せん》パイは言葉《ことば》をつづける。

「だけど、今日《きょう》の放送《ほうそう》は三人《にん》の演技《えんぎ》についてのインタビューだったから」

頭《あたま》のなかでゆっくり考《かんが》える。——もしかして。

「残《のこ》りの二人《ふたり》のこともとりあげないと、不公平《ふこうへい》ってことですか？」

先《せん》パイのクールな目《め》もとにわずかに笑《え》みが浮《う》かび、「正解《せいかい》」って言《い》うようにうなずいてくれる。

「一人《ひとり》だけ特別《とくべつ》あつかいすると、ひいきしてるって思《おも》う人《ひと》もいるかもしれない。それに、林《はやし》さんと森《もり》さんも、三人《にん》で一緒《いっしょ》にがんばったのに一人《ひとり》だけどうしてって思《おも》うかも」

それを聞《き》いてあたしは思《おも》いだした。

去年《きょねん》の冬《ふゆ》、放送部《ほうそうぶ》のもう一人《ひとり》の二年生《ねんせい》のアサギ先《せん》パイが、活動停止《かつどうていし》になったバレー部《ぶ》に一方的《いっぽうてき》に味方《みかた》する放送《ほうそう》をしたのをきっかけに、お昼《ひる》の放送《ほうそう》はしばらく休止《きゅうし》になっていた。

公平《こうへい》な放送《ほうそう》じゃなかったからだ。

つきつめれば、あたしがさっき言《い》おうとしてたコメントは去年《きょねん》の件《けん》と同《おな》じ。

「全然《ぜんぜん》考《かんが》えられてなかったです、すみません……」

「ぼくも同《おな》じこと、やっちゃったことあるんだ。そういうこともあるって先《さき》に教《おし》えておくべきだったし、今日《きょう》はぼくがフォローできたから問題《もんだい》ないよ」

気《き》をつかってくれる五十嵐《いがらし》先《せん》パイに申《もう》しわけなさすぎてちっちゃくなる。

五十嵐《いがらし》先《せん》パイに追《お》いつけるくらいデキるようになるには、まだまだ修業《しゅぎょう》がたりてない。

ふと、来月《らいげつ》七月《がつ》の頭《あたま》にある体育祭《たいいくさい》のことがよぎった。体育祭《たいいくさい》のアナウンスを放送部《ほうそうぶ》が担《たん》当《とう》する予定《よてい》だって聞《き》いている。

今日《きょう》みたいなヘマはしないようにしなきゃ。あたしはそう心《こころ》に誓《ちか》った。

☆

お昼《ひる》の放送《ほうそう》でしくじってしまったその日《ひ》の午後《ごご》。

先月《せんげつ》の中間《ちゅうかん》テストの順位表《じゅんいひょう》がかえってくることになって、おちこみ気味《ぎみ》だったあたしの気分《きぶん》はさらにズドンとおっこちた。

各教科《かくきょうか》のテストの返却《へんきゃく》はすでにすんでいるので、点数《てんすう》はわかってる。順位表《じゅんいひょう》がどんな結《けっ》果《か》かは見《み》るまでもないし、どっちかというと見《み》たくない。

『藍内《あいうち》』なんて苗字《みょうじ》のせいで万年出席番号《まんねんしゅっせきばんごう》一番《ばん》のあたしは、クラス担任《たんにん》で放送部《ほうそうぶ》の顧問《こもん》である景山先生《かげやませんせい》にまっ先《さき》に名前《なまえ》を呼《よ》ばれて席《せき》を立《た》つ。

教卓《きょうたく》のところに立《た》った景山先生《かげやませんせい》は、もしゃっとした髪《かみ》を片手《かたて》でかきまわしている。「オヤジくさい」などとクラスの女子《じょし》にこっそり言《い》われてるけど、まだ三十代半《だいなか》ばらしい。

そんな景山先生《かげやませんせい》は、どこか哀《あわ》れむようにあたしを見《み》た。

「藍内《あいうち》は、もう少《すこ》しおちついてテスト受《う》けような」

はげましの言葉《ことば》に小《ちい》さくうなずいて自分《じぶん》の席《せき》にかけもどると、あたしはわたされた順位《じゅんい》表《ひょう》を小《ちい》さく小《ちい》さく折《お》りたたんでペンケースの底《そこ》に封印《ふういん》した。

「順位《じゅんい》、どうだった？」

後《うし》ろの席《せき》からヒソヒソ声《ごえ》で聞《き》いてくるのは、小学校時代《しょうがっこうじだい》からの親友《しんゆう》の知花《ちか》だ。

「……聞《き》かないで」

知花《ちか》どころか、お母《かあ》さんにも言《い》えない。いっそ下《した》から数《かぞ》えた順位《じゅんい》を報告《ほうこく》したい。

中学生《ちゅうがくせい》になってはじめての定期試験《ていきしけん》だったし、それなりに勉強《べんきょう》したつもりだったのに。

こたえを書《か》きこむ回答欄《かいとうらん》が一《ひと》つずつズレていた。

それもなんと、数学《すうがく》と理科《りか》、おまけに社会科《しゃかいか》の三教科《きょうか》で！

あんまりにもおちこみすぎて気持《きも》ちがずぶずぶ沈《しず》んでく。

「今回《こんかい》は、ちゃんと名前書《なまえか》けたって言《い》ってたじゃん。ヒナも進歩《しんぽ》してるよ！」

そんな知花《ちか》のなぐさめがまた痛《いた》い。

同小《おなしょう》の知花《ちか》はあたしの小学校時代《しょうがっこうじだい》をもちろん知《し》ってる。あたしはテストになるといつもあせっちゃって、名前《なまえ》を書《か》くのを年《ねん》がら年中忘《ねんじゅうわす》れてよく0点《てん》になっていた。

だから、中学生《ちゅうがくせい》になったらせめて名前《なまえ》だけはちゃんと書《か》こうって気《き》をつけてた、のに。

名前《なまえ》を書《か》けても回答欄《かいとうらん》がズレてたんじゃ意味《いみ》がない！

「宮下知花《みやしたちか》」と名前《なまえ》を呼《よ》ばれ、知花《ちか》が席《せき》を立《た》つ。

知花《ちか》のことだから、きっと順位《じゅんい》も悪《わる》くないんだろうなぁって、遠《とお》い目《め》でポニーテールの後《うし》ろ姿《すがた》を見送《みおく》った。

どうしたらこのおっちょこちょいはなおるのか。

お昼《ひる》の放送《ほうそう》の失敗《しっぱい》のことも思《おも》いだしちゃって、はぁ、と大《おお》きなため息《いき》をついて机《つくえ》につっぷした。

そうして放課後《ほうかご》、今日《きょう》は放送部《ほうそうぶ》の活動日《かつどうび》。

あたしはずぶずぶのままだった気持《きも》ちを切《き》りかえ、体操服《たいそうふく》に着《き》がえてランニングをはじめた。

ランニングは放送部《ほうそうぶ》のトレーニングの一《ひと》つで、肺活量《はいかつりょう》を鍛《きた》えるためのもの。ほかにも腹《ふっ》筋《きん》とか発声練習《はっせいれんしゅう》とか、よくひびく声《こえ》になるためには色《いろ》んなトレーニングが必要《ひつよう》なのだ。

入部《にゅうぶ》したばかりのころはツラくてしょうがなかったランニングも、最近《さいきん》はすっかり慣《な》れてきて息《いき》もそこまであがらない。

少《すこ》しずつだけど、前《まえ》に進《すす》めてるって実感《じっかん》できる。

梅雨入《つゆい》りしてから空気《くうき》はムシムシじめじめしてるけど、風《かぜ》を切《き》って走《はし》っていくうちに、さっきまでの沈《しず》んでいた心《こころ》がだんだん軽《かる》くなってくる。

おちこんだってしょうがない。回答欄《かいとうらん》がズレてたなら、次《つぎ》はズレないようにしよう。

よし、と気合《きあ》いを入《い》れなおして前《まえ》をむく。

グラウンドの見《み》える校舎《こうしゃ》わきを走《はし》り抜《ぬ》けて、体育館《たいいくかん》の周《まわ》りを走《はし》ったらあと一周《いっしゅう》、って思《おも》っていたときだった。

人気《ひとけ》がない体育館《たいいくかん》の裏《うら》、倉庫《そうこ》があるあたりに、見覚《みおぼ》えのある姿《すがた》を見《み》つけて足《あし》をとめた。

明《あか》るい色《いろ》のふんわりした髪《かみ》。身長《しんちょう》は五十嵐《いがらし》先《せん》パイと同《おな》じくらい、まとう空気《くうき》はいつも明《あか》るくやわらかで。

アサギ先《せん》パイだ。

先月《せんげつ》から放送部《ほうそうぶ》に復帰《ふっき》したアサギ先《せん》パイは、部員《ぶいん》の誰《だれ》よりも足《あし》が速《はや》くてランニングはいつも一番《ばん》におわらせる。もう放送室《ほうそうしつ》にいてもおかしくない時間《じかん》なのに。

白《しろ》い体操服《たいそうふく》にジャージの短《たん》パン姿《すがた》のアサギ先《せん》パイは、めずらしくこまったような顔《かお》をしていた。

どうかしたのかとそっとのぞいて、あたしはあわてて近《ちか》くの木《き》のかげにかくれる。

アサギ先《せん》パイとむかいあって女子生徒《じょしせいと》が立《た》っていた。

はなれてて顔《かお》はよく見《み》えないけど、セーラー服《ふく》のリボンの色《いろ》が緑《みどり》だから三年生《ねんせい》かな。

アサギ先《せん》パイはいかにもみんなの人気者《にんきもの》って雰囲気《ふんいき》にくわえ、明《あか》るくて話《はな》すのも上手《じょうず》だし、女子《じょし》にものすごくモテる。

もしかして告白《こくはく》だったりして？

盗《ぬす》み聞《ぎ》きはよろしくないけど……なんて思《おも》ってたら、女子《じょし》の先《せん》パイの声《こえ》があたしのところまで聞《き》こえてきた。

「アサギくんのこと好《す》きなんだ。つきあってもらえないかな？」

思《おも》わず心臓《しんぞう》が飛《と》びはねた。

ホントに告白《こくはく》だった！

かくれていた木《き》の幹《みき》に思《おも》わず両手《りょうて》でしがみつく。ヤバい、あたしまでドキドキする。

……あんな風《ふう》に自分《じぶん》の気持《きも》ちをはっきり言《い》えるなんてすごいなぁ。

五十嵐《いがらし》先《せん》パイを呼《よ》びだして、「好《す》きです！」ってコクるあたしをイメージしてみる。

……ムリムリムリ！　心臓《しんぞう》やぶける！

そんな風《ふう》に心《こころ》のなかでジタバタしながら、アサギ先《せん》パイはなんて返事《へんじ》するんだろうってうかがってたら。

「──ごめんなさい！」

アサギ先《せん》パイが頭《あたま》をさげて断《ことわ》ったのが見《み》えてあたしは凍《こお》りつく。

誰《だれ》かの恋《こい》がくだけ散《ち》った瞬間《しゅんかん》をのぞき見《み》してしまった。

罪悪感《ざいあくかん》といたたまれなさで息苦《いきぐる》しい。あたしだったらどんな気持《きも》ちになるだろうってつい考《かんが》えちゃう。

勇気《ゆうき》をふりしぼって告白《こくはく》して、五十嵐先《いがらしせん》パイに「ごめん」って申《もう》しわけなさそうにあやまられたら……。

想像《そうぞう》しただけで泣《な》けてくる。

でもそれが人《ひと》の気持《きも》ちなんだからしょうがない。少女《しょうじょ》マンガのキャラだって、好《す》きな人《ひと》とつきあえる子《こ》もいればフラれる子《こ》もいる。自分《じぶん》がどっちになるかなんてわからないのだ。

時間《じかん》はじりじりすぎていく。早《はや》くランニングをおわらせて放送室《ほうそうしつ》に行《い》かなきゃって思《おも》うのに動《うご》けないあたしの一方《いっぽう》で、声《こえ》をあげたのは女子《じょし》の先《せん》パイだった。

「アサギくん、今《いま》、カノジョいないんだよね？　試《ため》しにつきあってみるのでもいいからさ」

今度《こんど》はおどろきすぎてのどからヒュッて音《おと》がでた。

あたしには考《かんが》えられないくらい女子《じょし》の先《せん》パイはポジティブだった。あきらめない精神《せいしん》はすごいけど、さすがにこれは見習《みなら》えない。

「それはちょっと……」

アサギ先《せん》パイも言葉《ことば》をにごしてる。

どうするんだろうって、ハラハラしてたあたしはうっかり身《み》を乗《の》りだしちゃって、小枝《こえだ》か何《なに》かを踏《ふ》んでしまった。

パキッと小《ちい》さな音《おと》がして、アサギ先《せん》パイに気《き》づかれた。

しまった！　って思《おも》ったのもつかの間《ま》、なぜかアサギ先《せん》パイはぱっと顔《かお》を明《あか》るくする。

「ヒナちゃん！」

ひょいひょいと手《て》まねきされちゃったあたしは、おずおずとでていった。

いかにも気《き》の強《つよ》そうな雰囲気《ふんいき》の女子《じょし》の先《せん》パイに、「あなた誰《だれ》？」みたいな顔《かお》でにらまれる。

「あの……」

のぞき見《み》してたの怒《おこ》られるかも。

そう思《おも》ってちぢこまってたあたしの頭《あたま》に、アサギ先《せん》パイはポンとその大《おお》きな手《て》を乗《の》せた。

「おれ、この子《こ》とつきあってるんだ。だからごめんなさい！」

2 体育祭《たいいくさい》アナウンス

ランニングをおえてアサギ先《せん》パイと一緒《いっしょ》に放送室《ほうそうしつ》へむかっていたあたしは、上《うわ》ばきのゴムを床《ゆか》でキュッキュと鳴《な》らしながら全力《ぜんりょく》で怒《おこ》っていた。

「あんなウソつくなんてヒドいじゃないですか！」

告白《こくはく》を断《ことわ》りたいからって、あたしをカノジョにでっちあげるなんて。

あたしが好《す》きなのは五十嵐《いがらし》先《せん》パイなのにっ！

あたしがこんなに怒《おこ》ってるっていうのに、だけど当《とう》のアサギ先《せん》パイはにっこりする。

「ヒナちゃんのおかげで助《たす》かったよ」

「今《いま》すぐ訂正《ていせい》してきてください！」

「えー、べつに問題《もんだい》ないよ」

「問題《もんだい》しかないですー！」

一年前《ねんまえ》、五十嵐先《いがらしせん》パイを放送部《ほうそうぶ》に誘《さそ》ったのはアサギ先《せん》パイだ。二人《ふたり》は当然仲《とうぜんなか》がいい。

なのに、どうしてこうもキャラがちがうんだろ。

五十嵐先《いがらしせん》パイはクールで考《かんが》えてることがわかりにくいけど、やさしくてまじめでヘンな冗談《じょうだん》は言《い》わない。

対《たい》するアサギ先《せん》パイは明《あか》るくてとっつきやすいけど、ふわふわしてていまいちつかみどころがない。部活《ぶかつ》にはまじめだし熱心《ねっしん》だけど、それ以外《いがい》は何《なに》が本音《ほんね》で冗談《じょうだん》なのか、まったくもってわからない。

いくら文句《もんく》を言《い》ってもアサギ先《せん》パイにはちっとも通《つう》じない。あきらめたところで放送室《ほうそうしつ》に到着《とうちゃく》した。

アサギ先《せん》パイがドアノブに手《て》をかけようとした瞬間《しゅんかん》、ドアが勢《いきお》いよくあいた。

「あ、やっと来《き》た」

顔《かお》をだしたのはヒビキくんだった。あたしと同《おな》じ一年生《ねんせい》の放送部員《ほうそうぶいん》だ。

ヒビキくんは首《くび》にさげたトレードマークの赤《あか》いヘッドフォンを片手《かたて》でいじりつつ、その丸《まる》い目《め》をわずかに細《ほそ》めて、背《せ》の高《たか》いアサギ先《せん》パイを見《み》あげる。

「遅《おそ》いから様子《ようす》見《み》てきてってナガレに頼《たの》まれたところだったんだけど」

「ナガレ」っていうのは五十嵐先《いがらしせん》パイの下《した》の名前《なまえ》だ。五十嵐流《いがらしながれ》。ヒビキくんは五十嵐先《いがらしせん》パイと幼《おさな》なじみなので、部《ぶ》でも先《せん》パイのことを下《した》の名前《なまえ》で呼《よ》んでいる。

「ごめんごめん。ちょっと色々《いろいろ》あってさ」

「ね？」とアサギ先《せん》パイにあいづちを求《もと》められ、あたしはむくれたまままうなずいた。

そんなあたしに、ヒビキくんは細《ほそ》めていた目《め》をさらに細《ほそ》くしてあたしを見《み》る。

「何《なに》かあったの？」

「……なんでもない」

さっきあったことをヒビキくんに話《はな》すのはやめておく。

ヒビキくんが「ふーん」とだけつぶやき、放送室《ほうそうしつ》の奥《おく》にひっこんだのでホッとした。

アサギ先《せん》パイにテキトーなことを言《い》われた、なんて話《はなし》をしたら、ヒビキくんが何《なに》を言《い》うかわからない。

放送室《ほうそうしつ》のなかは二枚《まい》の防音扉《ぼうおんとびら》で三《みっ》つの空間《くうかん》に区切《くぎ》られている。今《いま》、あたしたちがいる入《いり》口《ぐち》のせまい空間《くうかん》のほかに、放送卓《ほうそうたく》のある機材室《きざいしつ》と、広《ひろ》いスタジオがある。

スタジオに入《はい》ると、五十嵐先《いがらしせん》パイが長机《ながづくえ》の上《うえ》に何《なに》かの資料《しりょう》をひろげていた。

「遅《おそ》くなってすみません」

そう声《こえ》をかけると、五十嵐先《いがらしせん》パイは「大丈夫《だいじょうぶ》だよ」とこたえてくれる。

「暑《あつ》くなってきたし、熱中症《ねっちゅうしょう》とかじゃないかって心配《しんぱい》してただけだから」

やさしい言葉《ことば》にたちまち胸《むね》がきゅんとして、アサギ先《せん》パイに告白《こくはく》を断《ことわ》る口実《こうじつ》に使《つか》われたことなんてどうでもよくなった。さっさと忘《わす》れよう。

そんなあたしの一方《いっぽう》、ヒビキくんがパイプいすをひろげながらアサギ先《せん》パイに聞《き》く。

「ヒナのペースはいつものことだけど、あんたは足速《あしはや》いんじゃなかったっけ？」

直球《ちょっきゅう》すぎるイヤミにヒヤリとしたけど、当《とう》のアサギ先《せん》パイは笑顔《えがお》でこたえた。

「今日《きょう》は色々《いろいろ》あって。次《つぎ》からはちゃんといつものペースで走《はし》るよ」

ヒビキくんはひろげたパイプいすに音《おと》を立《た》てて座《すわ》った。

何《なに》かというと、ヒビキくんはアサギ先《せん》パイにつっかかる。

先週《せんしゅう》のお昼《ひる》の放送《ほうそう》のあとのこと。アナウンスを担当《たんとう》していたヒビキくんに、アサギ先《せん》パイがちょっとしたアドバイスをした。

その瞬間《しゅんかん》、ヒビキくんはこんな風《ふう》にかみついた。

『苦労《くろう》しないでなんでもできる自分《じぶん》と一緒《いっしょ》にするな』

あたしに比《くら》べたらヒビキくんだって十分《じゅうぶん》デキるし器用《きよう》だと思《おも》うけど、そういう問題《もんだい》じゃないらしい。

そんな風《ふう》にヒビキくんは何《なに》かとアサギ先《せん》パイに反抗的《はんこうてき》で、いまだに名前《なまえ》どころか「先《せん》パイ」とすら呼《よ》ぼうともしないのだった。

まじめなヒビキくんとふわふわのアサギ先《せん》パイなので、キャラがちがいすぎるせいなのかも。まさに「水《みず》と油《あぶら》」って感《かん》じ。

とげとげしい空気《くうき》のヒビキくんと、何《なに》を言《い》われてもふんわりにこやかなアサギ先《せん》パイ、そんな二人《ふたり》をハラハラ見《み》ているあたし。

ピリピリした放送室《ほうそうしつ》の空気《くうき》にはいまだに慣《な》れない。

そして五十嵐先《いがらしせん》パイはクールな表情《ひょうじょう》のままあたしたち三人《にん》をチラと見《み》て、「ミーティングはじめます」といつもの口調《くちょう》で言《い》った。

今日《きょう》のミーティングの議題《ぎだい》は、来月頭《らいげつあたま》にある体育祭《たいいくさい》だ。

競技中《きょうぎちゅう》のアナウンス、BGM《ビージーエム》として流《なが》す音楽選《おんがくえら》び、開会式《かいかいしき》、閉会式《へいかいしき》の司会進行《しかいしんこう》などを放送部《ほうそうぶ》でやらせてもらうことになっている、と五十嵐先《いがらしせん》パイが報告《ほうこく》する。

「すでに景山先生《かげやませんせい》に許可《きょか》はもらってて、細《こま》かい部分《ぶぶん》については体育祭実行委員《たいいくさいじっこういいん》の会議《かいぎ》に出席《しゅっせき》して確認《かくにん》します」

配《くば》られた資料《しりょう》は五十嵐先《いがらしせん》パイと景山先生《かげやませんせい》が作《つく》ったもので、「体育祭《たいいくさい》でやることリスト」や「体育祭実行委員《たいいくさいじっこういいん》の会議《かいぎ》で確認《かくにん》する項目《こうもく》」がならんでいた。

「会議《かいぎ》はあさってで、ぼくとアサギがでる予定《よてい》」

そう五十嵐先《いがらしせん》パイが言《い》った直後《ちょくご》、アサギ先《せん》パイはおずおずと手《て》をあげると、パンッと音《おと》を鳴《な》らして両手《りょうて》をあわせる。

「悪《わる》い、五十嵐《いがらし》。その会議《かいぎ》、ヒナちゃんに代《か》わりにでてもらってもいい？」

「用事《ようじ》でもあるの？」

「ちょっと……」

五十嵐先《いがらしせん》パイに目《め》をむけられ、あたしは前《まえ》のめりになって手《て》をあげた。

「あ、あたしは大丈夫《だいじょうぶ》です！」

勢《いきお》いあまって大《おお》きな声《こえ》がでてしまった。

五十嵐先《いがらしせん》パイと二人《ふたり》で会議《かいぎ》にでられるなんて断《ことわ》る理由《りゆう》ないし！

なんてはりきっちゃったけど、はたとヒビキくんのことに思《おも》いいたる。

音楽《おんがく》が好《す》きなヒビキくんは、体育祭《たいいくさい》の音楽選《おんがくえら》びに並々《なみなみ》ならぬやる気《き》を見《み》せていた。もしかしたら会議《かいぎ》にでたいって思《おも》ってるかも。

「ヒビキくん、」

ヒビキくんはまだむっつりしてたけど、声《こえ》をかけるとあたしのほうを見《み》てくれた。

「会議《かいぎ》、あたしがでてもいい？　もしヒビキくんもでたかったら――」

「べつにいい。それに……」

ヒビキくんは何《なに》か言《い》いかけたけど途中《とちゅう》で口《くち》をつぐんでしまい、あたしから目《め》をそらして首《くび》にひっかけたヘッドフォンをいじりはじめた。

アサギ先《せん》パイと険悪《けんあく》なのはいつものことだけど、今日《きょう》はなんだかそれに輪《わ》をかけて不機《ふき》嫌《げん》なような。

もしかしてヒビキくんも中間《ちゅうかん》テストの順位《じゅんい》が悪《わる》かったのかな、なんて考《かんが》えてみて打《う》ち消《け》した。回答欄《かいとうらん》がズレちゃうようなおっちょこちょいは、あたし一人《ひとり》で十分《じゅうぶん》だ。

☆

それから二日後《ふつかご》の放課後《ほうかご》。

帰《かえ》りのホームルームがおわるやいなや、あたしははりきって体育祭実行委員《たいいくさいじっこういいん》の会議《かいぎ》がひらかれる視聴覚室《しちょうかくしつ》にむかった。二年生《ねんせい》の教室《きょうしつ》もある校舎《こうしゃ》の三階《かい》だ。

あたしはクラスでは保健委員《ほけんいいん》で、その会議《かいぎ》には参加《さんか》したことがあるけど、体育祭実行委《たいいくさいじっこうい》員《いん》の会議《かいぎ》はまた特別《とくべつ》な感《かん》じがしてちょっと緊張《きんちょう》してくる。

視聴覚室《しちょうかくしつ》につくと、前《まえ》と後《うし》ろのドアがあいていた。

そっとなかをのぞいてみたけど、まだ誰《だれ》も来《き》てなくてどこに座《すわ》ったらいいのかわからない。

「――会議《かいぎ》にでる人《ひと》？」

ふいに背後《はいご》から話《はな》しかけられ、「そうですっ！」って裏《うら》がえった声《こえ》でこたえた。

ふりかえると、長《なが》い髪《かみ》を二《ふた》つに結《むす》んだ女子生徒《じょしせいと》が立《た》っている。セーラー服《ふく》のリボンは緑《みどり》、三年生《ねんせい》だ。

「席《せき》は自由《じゆう》だから」

「あ、ありがとうございます！」

あたしよりずっと背《せ》が高《たか》いし気《き》の強《つよ》そうな雰囲気《ふんいき》もあって、ちょっと身《み》がまえてしまう。

名札《なふだ》を見《み》て、「島崎《しまざき》」という苗字《みょうじ》だとわかる。

島崎先《しまざきせん》パイはなぜかじろじろあたしを見《み》ていて、やがてすっとその目《め》を細《ほそ》めた。

「もしかして、放送部《ほうそうぶ》？」

コクッとうなずいてから、どうしてわかったんだろうって先《せん》パイを見《み》あげると、思《おも》わずビクついちゃうくらいににらまれてた。

なんかしちゃったかな、はじめて会《あ》ったはずなのに……って考《かんが》えてから思《おも》いだす。

この人《ひと》、アサギ先《せん》パイに告白《こくはく》してた人《ひと》だ！

島崎先《しまざきせん》パイはぷいと顔《かお》をそむけ、何《なに》も言《い》わずにあたしを追《お》い越《こ》して視聴覚室《しちょうかくしつ》のなかに入《はい》っていった。

……恨《うら》みを買《か》ってしまった。「あれはウソなんです！」って説明《せつめい》したいけど、アサギ先《せん》パイに悪《わる》い気《き》もするし……。

結局何《けっきょくなに》も言《い》えなかった。「失礼《しつれい》します」って断《ことわ》ってから、あたしは視聴覚室《しちょうかくしつ》の一番後《いちばんうし》ろ、はじっこの席《せき》について小《ちい》さくなる。

アサギ先《せん》パイの代《か》わりに来《き》ちゃったのをちょびっと後悔《こうかい》。

アサギ先《せん》パイが会議《かいぎ》にでたくなかったの、島崎先《しまざきせん》パイがいるからにちがいない。

「ヒナさん、早《はや》かったね」

小《ちい》さくなってたから、声《こえ》をかけられるまで五十嵐先《いがらしせん》パイが来《き》たことに気《き》がつかなかった。

見《み》ると、視聴覚室《しちょうかくしつ》の席《せき》はもう半分近《はんぶんちか》くうまってる。

「はい、ホームルームが早《はや》くおわって……」

五十嵐先《いがらしせん》パイがとなりに座《すわ》ってくれてようやく心細《こころぼそ》くなくなった。

そして、ノートとペンケースを机《つくえ》においた五十嵐先《いがらしせん》パイがメガネをかけたのを見《み》て、さっきまでの後悔《こうかい》はふっ飛《と》んだ。

貴重《きちょう》なメガネ姿《すがた》の五十嵐《いがらし》先《せん》パイを見《み》られたし、やっぱり会議《かいぎ》にでられてよかった！

少《すこ》しして視聴覚室《しちょうかくしつ》は体育祭実行委員《たいいくさいじっこういいん》の生徒《せいと》でいっぱいになり、体育《たいいく》の先生《せんせい》もやって来《き》て会議《かいぎ》がはじまった。当日《とうじつ》のスケジュールや、各委員《かくいいん》の作業分担《さぎょうぶんたん》などが決《き》められていく。

あたしをにらんだ島崎《しまざき》先《せん》パイは体育祭実行委員長《たいいくさいじっこういいんちょう》で、気《き》が強《つよ》そうな印象《いんしょう》のとおり、黒板《こくばん》の前《まえ》に立《た》ってテキパキと会議《かいぎ》を進《すす》めていた。

何《なに》が放送部《ほうそうぶ》に関係《かんけい》あるのかわからなくて、気《き》まずいのも忘《わす》れて必死《ひっし》にメモをとっていく。

「それ、ウサギ？」

ふいにとなりから話《はな》しかけられ、あたしは手《て》をとめて顔《かお》をあげた。

五十嵐《いがらし》先《せん》パイがあたしの使《つか》っているシャーペンを見《み》ている。てっぺんに白《しろ》いウサギのかざりがついていて、字《じ》を書《か》くとゆらゆら動《うご》く。

「そうです。かわいいから気《き》に入《い》ってて……」

黒板《こくばん》のほうでは話《はな》しあいがまだつづいている。聞《き》き逃《のが》しちゃったかも、とあせったあたしに、「全部書《ぜんぶか》く必要《ひつよう》はないよ」と先《せん》パイはこそっと教《おし》えてくれる。

「体育祭実行委員《たいいくさいじっこういいん》の係分担《かかりぶんたん》とか、今日《きょう》の会議《かいぎ》で決《き》まったことはあとで議事録《ぎじろく》もらえるから」

「あ、そうなんですか」

見《み》れば、先《せん》パイのノートには要点《ようてん》だけが短《みじか》くメモしてある。

またカラまわっちゃったのかもってしょぼんとしたら、先《せん》パイは目《め》もとを少《すこ》しゆるめた。

「ヒナさんはえらいね。アサギだったらメモなんて一《ひと》つもとらなかったよ」

「そうなんですか？」

「アサギは記憶力《きおくりょく》がいいから、もともとあまりメモをとらないのもあるけど」

アサギ先《せん》パイがえらくないのではなく、すごすぎるのでは……。

会議《かいぎ》が進《すす》み、そうしてやっと放送部《ほうそうぶ》の議題《ぎだい》になった。

「去年《きょねん》までは実行委員《じっこういいん》で担当《たんとう》していた開会式《かいかいしき》と閉会式《へいかいしき》の司会進行《しかいしんこう》、競技中《きょうぎちゅう》のアナウンスなどを、今年《ことし》は放送部《ほうそうぶ》で担当《たんとう》するとのことですが、」

これまであたしのほうを見《み》ようともしなかった島崎先《しまざきせん》パイがこっちを見《み》て、すっと目《め》を細《ほそ》めた。

「放送部《ほうそうぶ》ってお昼《ひる》の放送《ほうそう》を再開《さいかい》したばかりですよね？　人数《にんずう》も少《すく》ないし本当《ほんとう》に大丈夫《だいじょうぶ》です

か？　アナウンス原稿《げんこう》は去年《きょねん》まで使《つか》っていたものもありますし、例年《れいねん》どおり実行委員《じっこういいん》でもできると思《おも》うんですけど」

放送部《ほうそうぶ》がやることは決定事項《けっていじこう》だと思《おも》ってたから、まさか会議《かいぎ》でこんな風《ふう》に言《い》われるとは思《おも》わなかった。

島崎先《しまざきせん》パイは敵意《てきい》のこもった目《め》をあたしにむけていて、この間《あいだ》、お昼《ひる》の放送《ほうそう》であたしがしくじったことまで見《み》すかされてるような気《き》がしてくる。

たちまち本当《ほんとう》にできるのかなって不安《ふあん》がふくらんでしまう。視聴覚室《しちょうかくしつ》の冷房《れいぼう》のせいだけじゃなく、半《はん》そでのうでがいっそう冷《ひ》えていく。

けどそんなあたしの迷《まよ》いを、静《しず》かに立《た》ちあがった五十嵐先《いがらしせん》パイが打《う》ち消《け》した。

「問題《もんだい》ありません。放送部《ほうそうぶ》はまじめに活動《かつどう》していますし、だからこそお昼《ひる》の放送《ほうそう》も再開《さいかい》できました。放送部《ほうそうぶ》だからできるアナウンスもあると思《おも》っています」

五十嵐先《いがらしせん》パイの声《こえ》は、おちついているのにまっすぐ通《とお》って視聴覚室中《しちょうかくしつじゅう》にひびいた。

「人数《にんずう》が少《すく》ないのはたしかですが、その点《てん》は顧問《こもん》の景山先生《かげやませんせい》と相談《そうだん》してムリがないようにします」

紡《つむ》がれる言葉《ことば》は聞《き》きほれちゃうくらいスムーズで堂々《どうどう》としてて、それこそが放送部《ほうそうぶ》はできるのだという何《なに》よりの証拠《しょうこ》に思《おも》えた。

先《せん》パイがだまると視聴覚室《しちょうかくしつ》はあっけにとられたように静《しず》かになり、みんなの視線《しせん》は五十嵐《いがらし》先《せん》パイから前《まえ》に立《た》っている島崎《しまざき》先《せん》パイのほうにむけられる。

島崎先《しまざきせん》パイは面白《おもしろ》くなさそうな顔《かお》だったものの、負《ま》けを認《みと》めたように「それじゃあがんばってください」と話《はなし》をおわらせ、会議《かいぎ》をつづけた。


会議《かいぎ》がおわって五十嵐《いがらし》先《せん》パイと一緒《いっしょ》に視聴覚室《しちょうかくしつ》をでたあたしは興奮《こうふん》がおさまらず、胸《むね》がドキドキしっぱなしだった。

五十嵐《いがらし》先《せん》パイは言葉《ことば》だけで会議《かいぎ》の空気《くうき》を変《か》えた。

あたしの不安《ふあん》を一瞬《いっしゅん》でふき飛《と》ばしてくれた。

そんな五十嵐《いがらし》先《せん》パイと一緒《いっしょ》に放送部《ほうそうぶ》でやれてるんだって思《おも》ったら、バタバタしたいくらいうれしくて、ほこらしい気持《きも》ちでいっぱいだ。

弱気《よわき》になる必要《ひつよう》なんてない。これまでみたいにがんばればいいんだから。

そうして放送室《ほうそうしつ》に到着《とうちゃく》し、先《せん》パイがドアをあけたときだった。

「――うっさいな！」

とたんに聞《き》こえてきたヒビキくんの声《こえ》に、ふわふわな世界《せかい》から急《きゅう》に現実《げんじつ》にひきもどされた。

どうやら、アサギ先《せん》パイとヒビキくんがまたぶつかっていたらしい。

「どうかしたの？」

五十嵐《いがらし》先《せん》パイに聞《き》かれ、いすに座《すわ》ってたヒビキくんは「べつに」と唇《くちびる》をとがらせて顔《かお》をそむけた。そのむかいに座《すわ》ってるアサギ先《せん》パイも「なんでもないよ」って軽《かる》くこたえる。

なんでもないってこと、なさそうなのに。

そう思《おも》っていると、アサギ先《せん》パイがあたしにほほえんだ。

「ヒナちゃん、会議《かいぎ》、でてくれてありがとね」

「こ、こちらこそありがとうございました！」

あたしがそう頭《あたま》をさげると、五十嵐《いがらし》先《せん》パイが首《くび》をかしげる。

「なんでヒナさんがお礼言《れいい》ってるの？」

カッコいい五十嵐先《いがらしせん》パイが見《み》られたからです！　とは言《い》えない。まっ赤《か》になったあたしは「内緒《ないしょ》です」って小《ちい》さくこたえた。

そうしてミーティングがはじまった。会議《かいぎ》で決《き》まったことや、景山先生《かげやませんせい》をまじえて決《き》めたほうがよさそうなことを確認《かくにん》していく。

五十嵐先《いがらしせん》パイの報告《ほうこく》にアサギ先《せん》パイがちょこちょこ質問《しつもん》するのとは対照的《たいしょうてき》に、ヒビキくんはずっとうつむいたままだった。いつもは積極的《せっきょくてき》に発言《はつげん》するほうなのに。

「ヒビキくん、もしかして体調《たいちょう》でも悪《わる》い？」

あたしの質問《しつもん》に先《せん》パイたちの視線《しせん》も集《あつ》まった。ヒビキくんは浮《う》かない表情《ひょうじょう》のまま顔《かお》をあげ、視線《しせん》をうろうろさせてからポツリと言《い》った。

「体育祭《たいいくさい》のアナウンス、おれ、できないかも」

ヒビキくんの突然《とつぜん》の発言《はつげん》に、まっ先《さき》に反応《はんのう》したのは意外《いがい》にもアサギ先《せん》パイだった。

「何《なに》それ。自信《じしん》ないの？」

イヤミな口調《くちょう》にヒビキくんはカッとして「ちがう！」って声《こえ》をあげたけど、すぐにまただまりこんでしまう。

らしくない。全然《ぜんぜん》らしくない。

ヒビキくんがこんな風《ふう》に放送部《ほうそうぶ》の活動《かつどう》に対《たい》して後《うし》ろ向《む》きになるなんておかしい。

「何《なに》かあったの？」

だけど、ヒビキくんはあたしの言葉《ことば》にはこたえないで席《せき》を立《た》った。スタジオのすみにおいてあった自分《じぶん》のバッグを肩《かた》にひっかけ、今《いま》にも放送室《ほうそうしつ》をでていってしまいそうだ。

すると、五十嵐《いがらし》先《せん》パイも席《せき》を立《た》った。

さっきの会議《かいぎ》でビシッと言《い》いかえしたみたいに、ヒビキくんにもうまく言《い》ってくれるんじゃないか、ってあたしは期待《きたい》したけど。

「ヒビキは本当《ほんとう》にできないの？」

問《と》いつめるでも怒《おこ》るでもない、いつもと変《か》わらない淡々《たんたん》とした口調《くちょう》。ヒビキくんはこたえず、じっと先《せん》パイを見《み》かえした。

そして、先《せん》パイはこうつづけた。

「ヒビキができないと思《おも》うならしょうがないけど」

え、と思《おも》った瞬間《しゅんかん》、ヒビキくんは体当《たいあ》たりするように防音扉《ぼうおんとびら》をあけて放送室《ほうそうしつ》をでていってしまった。

竜巻《たつまき》が一瞬《いっしゅん》で通《とお》りすぎたみたいに、放送室《ほうそうしつ》はたちまち静《しず》かになる。

「……あーあ」

左手《ひだりて》で頬《ほお》づえをついたアサギ先《せん》パイがつぶやいた。

五十嵐《いがらし》先《せん》パイは、ヒビキくんがでていった防音扉《ぼうおんとびら》を見《み》つめたまま立《た》っている。

そしてあたしは、席《せき》を立《た》って思《おも》わず声《こえ》をあげていた。

「な……なんであんなこと言《い》うんですか！」

大《おお》きな声《こえ》をだしたあたしに、五十嵐《いがらし》先《せん》パイはその目《め》をわずかに丸《まる》くした。

けど、何《なに》も言《い》ってくれない。

あたしはヒビキくんを追《お》いかけて、放送室《ほうそうしつ》を飛《と》びだした。廊下《ろうか》にはもう姿《すがた》がない。

階段《かいだん》をかけおりて昇降口《しょうこうぐち》まで行《い》ってみたけどやっぱり見《み》つけられなかった。

走《はし》ったのと色《いろ》んな感情《かんじょう》がぐるぐるしてるせいで、すっかり息《いき》があがってる。

……どうしよう。

鶴谷

ヒビキくんがあんなこと言《い》うなんて、絶対《ぜったい》おかしいのに。

それに、五十嵐《いがらし》先《せん》パイが言《い》ったこともショックだった。

……なんで。

ヒビキくんはいないしこうしててもしょうがない。放送室《ほうそうしつ》にもどろうと、のろのろと階《かい》段《だん》をのぼっていたら、踊《おど》り場《ば》でアサギ先《せん》パイとはちあわせした。

アサギ先《せん》パイはさっきのヒビキくんと同《おな》じように、通学《つうがく》バッグを肩《かた》にひっかけている。

「アサギ先《せん》パイも帰《かえ》っちゃうんですか？」

「あー……うん。今日《きょう》はもうミーティングにならなそうだし。じゃ！」

とってつけたように最後《さいご》だけ明《あか》るい調子《ちょうし》で言《い》うと、アサギ先《せん》パイは階《かい》段《だん》を一段《だん》飛《と》ばしでおりていく。

そうしてもどった放送室《ほうそうしつ》には五十嵐《いがらし》先《せん》パイしかいなかった。防音《ぼうおん》の壁《かべ》に寄《よ》りかかって体《たい》育祭《いくさい》の資料《しりょう》を見《み》ている。

「あの、」

もどってきたあたしに今気《いまき》づいたとでもいうように、五十嵐《いがらし》先《せん》パイは顔《かお》をあげる。

「ミーティングは……」

「アサギも帰《かえ》っちゃったから、また今度《こんど》やろう」

いつものクールな表情《ひょうじょう》かと思《おも》いきや、その表情《ひょうじょう》はぱっと見《み》ただけでわかるくらい暗《くら》い。

もしかして、アサギ先《せん》パイとも何《なに》かあったのかな。

何《なに》か言《い》わなきゃ、聞《き》かなきゃって思《おも》うのに、あたしは無言《むごん》で長机《ながづくえ》にひろげていた自分《じぶん》のペンやノートを片《かた》づけた。

五十嵐《いがらし》先《せん》パイはだまったまま動《うご》かない。

……先《せん》パイは、なんでヒビキくんをつきはなすようなことを言《い》ったんだろう。

体育祭実行委員《たいいくさいじっこういいん》の会議《かいぎ》でビシッと言《い》ってくれたときは、部《ぶ》のことを大事《だいじ》に考《かんが》えてくれてるって思《おも》ったのに。

もうわかんない。

さっきは瞬間的《しゅんかんてき》にカッとしちゃったけど、今《いま》はただただ困惑《こんわく》してて、あたしも放送室《ほうそうしつ》をでることしかできなかった。

——放送部《ほうそうぶ》はバラバラだ。

3 バラバラな放送部《ほうそうぶ》

週末《しゅうまつ》に、放送部《ほうそうぶ》でのできごとを一人《ひとり》で考《かんが》えてみた。けど、やっぱり何《なに》もわからないままで、もやもやばっかり余計《よけい》に大《おお》きくなってしまった。

そうして重《おも》たい気持《きも》ちのままむかえた月曜日《げつようび》。

教室《きょうしつ》に到着《とうちゃく》するなり大《おお》きなため息《いき》をついたあたしに、知花《ちか》が気《き》がついた。

「どうかしたの？」

あたしもヒビキくんのことなんて言《い》えないくらい、顔《かお》にでやすいにちがいない。

新聞部《しんぶんぶ》の知花《ちか》に放送部《ほうそうぶ》のことを相談《そうだん》してもって気持《きも》ちはあったけど、ポツポツ話《はな》していくうちに気《き》がつけばこの間《あいだ》のできごとをすべて話《はな》しちゃってた。

「みんな、何考《なにかんが》えてるのか全然《ぜんぜん》わかんないねー」

知花《ちか》の言葉《ことば》に大《おお》きくうなずく。

五十嵐《いがらし》先《せん》パイもアサギ先《せん》パイもヒビキくんも、あたしにはまったくわからない。

「そんなの、ヒナが一人《ひとり》で考《かんが》えたってわかるわけないよ」

あらためてそう言《い》われるとちょっとヘコむ。わからないままじゃイヤなのに……。

「わからないってぐるぐる考《かんが》えてるくらいなら、直接《ちょくせつ》聞《き》いたほうが早《はや》くない？」

知花《ちか》はけろっとした顔《かお》でアドバイスしてくれる。

「わたしはわかんないことはすぐ聞《き》いちゃうよ。今《いま》だって、ヒナがおちこんでるかも？って思《おも》ったから聞《き》いたんだし」

たしかに、知花《ちか》にはそういうところがある。あたしみたいにぐるぐる考《かんが》えこまないで、わからなければ相手《あいて》にまっすぐぶつかっていく。

「そうだよね。聞《き》くしかないよね」

「そうそう。ヒナがどう思《おも》ってるか伝《つた》えるだけでもいいんじゃない？　人間《にんげん》は言葉《ことば》がないとわかりあえない生《い》きものなんだからさ」

悟《さと》りをひらいたようなことを言《い》う知花《ちか》と顔《かお》を見《み》あわせ、二人《ふたり》してぷっとふきだした。

「うん。ありがと。知花《ちか》が聞《き》いてくれてよかった」

前《まえ》にも、五十嵐《いがらし》先《せん》パイが本当《ほんとう》はお昼《ひる》の放送《ほうそう》のことをどう思《おも》ってるのか聞《き》いたことがあった。すごく勇気《ゆうき》が必要《ひつよう》だったけど、でも先《せん》パイはこたえてくれた。

あたしだって放送部《ほうそうぶ》の一員《いちいん》なんだから、聞《き》けば五十嵐《いがらし》先《せん》パイもみんなもきっとこたえてくれるはずだ。

バラバラなままでいいわけがない。

右手《みぎて》でぐっとこぶしを作《つく》って決意《けつい》する。がんばろう。

その日《ひ》の放課後《ほうかご》。よし、と気合《きあ》いを入《い》れたあたしは一年《ねん》一組《くみ》の教室《きょうしつ》をでた。

今日《きょう》は放送部《ほうそうぶ》の活動日《かつどうび》じゃないから、ゆっくり話《はなし》をする絶好《ぜっこう》のチャンスだ。

どこのクラスも帰《かえ》りのホームルームがおわったばかりで、廊下《ろうか》には生徒《せいと》があふれていた。

人《ひと》をかきわけてずんずん進《すす》み、となりのとなり、一年《ねん》三組《くみ》の教室《きょうしつ》をのぞく。

同小《おなしょう》の女《おんな》の子《こ》を見《み》つけてあたしは聞《き》いた。

「あの、ヒビキくん——奏野《そうの》くんいるかな？」

「奏野《そうの》くんなら、ホームルームがおわった瞬間《しゅんかん》、すごい勢《いきお》いで帰《かえ》ってったよ」

ううう、出遅《でおく》れた。

教《おし》えてくれた子《こ》にお礼《れい》を言《い》って三組《くみ》の教室《きょうしつ》をはなれた。ヒビキくんがダメなら、先《さき》に五十嵐先《いがらしせん》パイと話《はなし》をしよう。

一年生《ねんせい》の教室《きょうしつ》のある四階《かい》から二年生《ねんせい》の教室《きょうしつ》のある三階《かい》へおり、階段《かいだん》のかげから廊下《ろうか》をのぞく。たった一年《ねん》の差《さ》なのに、二年生《ねんせい》はみんなどこか大人《おとな》っぽく見《み》えて緊張《きんちょう》してくる。

そういえば五十嵐先《いがらしせん》パイは何組《なんくみ》だっけ、って考《かんが》えてたあたしの前《まえ》で、ふいに誰《だれ》かが立《た》ちどまった。

「……ヒナさん？」

通学《つうがく》バッグを肩《かた》にかけた五十嵐先《いがらしせん》パイが突然《とつぜん》あらわれて、あたしはぴょこっとはねた。

先《せん》パイはクールな目《め》であたしを見《み》おろしてる。

「三階《かい》に何《なに》か用《よう》？」

「えっと、その……」

どうしよう。気合《きあ》いを入《い》れてきたはずなのに、何《なに》をどう話《はな》していいのかわからない。

あわあわしてるあたしが話《はな》しだすのを先《せん》パイはじっと待《ま》ってくれてて、それもまたあたしの気持《きも》ちをあせらせる。

「五十嵐先《いがらしせん》パイ、あの……」

がんばれあたし！　話《はな》さなきゃ何《なに》もわからないんだから！

下校《げこう》する人《ひと》、部活《ぶかつ》に行《い》く人《ひと》、たくさんの生徒《せいと》たちがあたしたちを追《お》い越《こ》して階段《かいだん》のほうへむかっていく。放課後《ほうかご》の学校《がっこう》は生徒《せいと》たちのおしゃべりでとってもにぎやかだ。

とりあえず、もっと静《しず》かなところで先《せん》パイと話《はな》したい。

そう思《おも》ったあたしは、先《せん》パイがあたしをはじめて放送室《ほうそうしつ》につれていってくれたときのことを思《おも》いだした。

「……つ、つきあってください！」

先《せん》パイが目《め》をまたたいて、あたしはハッとして自分《じぶん》の口《くち》をふさぐ。

たっぷり三秒《びょう》は間《ま》があった。みるみるうちに全身《ぜんしん》の血《ち》が沸騰《ふっとう》する。

あ、あたしってばなんてことを……！

ほっぺに力《ちから》が入《はい》らなくて、もはやうまくしゃべれない。

先《せん》パイに「今《いま》のはそういう意味《いみ》じゃないんです！」って説明《せつめい》したいのに、のどから「あ」

とか「う」しかでてこない。

もうダメだ、おしまいだっ！

なんて思《おも》ってたのに。

「いいよ」

先《せん》パイはクールにさらっとこたえてあたしを見《み》る。

……いいの？　先《せん》パイ、つきあってくれるの？

「どこに行《い》くの？」

そう先《せん》パイがつづけ、たちまち体中《からだじゅう》の熱《ねつ》が飛《と》んでいく。そんなにうまい話《はなし》があるわけなかった。

今度《こんど》ははずかしくて顔《かお》が熱《あつ》くなってくるのを感《かん》じつつ、あたしはなんとか声《こえ》をだす。

「じゃ、じゃあ……放送室《ほうそうしつ》の近《ちか》くの非常階段《ひじょうかいだん》のところ、とか」

「わかった」

歩《ある》きだした先《せん》パイの背中《せなか》を、ぎこちない足《あし》どりで一歩《いっぽ》遅《おく》れてついていく。

……先《せん》パイがこれっぽっちも誤解《ごかい》しないで、あたしが言《い》いたかったことをわかってくれてよかった、けど。

なんか複雑《ふくざつ》。

どうやら先《せん》パイは、あたしが告白《こくはく》しただなんて一ミリも思《おも》わなかったらしい。

べつに、告白《こくはく》だって思《おも》われたかったわけじゃないんだけど……でもなんか、うーん。

すっきりしない気持《きも》ちのまま歩《ある》いていたら、放送室《ほうそうしつ》を通過《つうか》して非常扉《ひじょうとびら》の前《まえ》についていた。

外《そと》の空気《くうき》は思《おも》っていたよりも爽《さわ》やかで気持《きも》ちよかった。空《そら》には雲《くも》がうっすらとひろがっている。

「外《そと》のほうが涼《すず》しいね」

あたしと同《おな》じようなことを考《かんが》えていたみたいで、なんだかうれしくなる。

「梅雨《つゆ》だけどあんまり雨《あめ》ふらないですよね」

「今年《ことし》はカラ梅雨《つゆ》らしいよ」

いつもどおりのおだやかでおちついた先《せん》パイの声《こえ》に、先《せん》パイを呼《よ》びだした緊張《きんちょう》はゆっくりとほどけていった。

すると、先《せん》パイが先《さき》に切《き》りだしてくれた。

「先週《せんしゅう》はごめん」

あたしはぶんぶん首《くび》を横《よこ》にふる。

「あ、あたしもカッとしちゃってすみませんでした」

まっすぐに先《せん》パイを見《み》あげる。あたしがなんの話《はなし》をしたかったのか、先《せん》パイはわかってくれてたみたいだ。

「あたし、その……一人《ひとり》で考《かんが》えてたら全然《ぜんぜん》わからなくなっちゃって。だから、先《せん》パイと話《はなし》、したかったんです」

「うん」

心臓《しんぞう》が思《おも》いだしたように大《おお》きく動《うご》きはじめる。静《しず》かに深呼吸《しんこきゅう》して気持《きも》ちをおちつけて、聞《き》きたかったことを口《くち》にする。

「先《せん》パイはヒビキくんのこと、できないならしょうがないって、本当《ほんとう》に思《おも》ってるんですか？」

先《せん》パイの表情《ひょうじょう》がわずかに動《うご》いた。言葉《ことば》をさがすような間《ま》のあと、先《せん》パイはこたえてくれる。

「『できない』ってヒビキが言《い》うなら、しょうがないのかなって思《おも》った」

先週《せんしゅう》と同《おな》じ先《せん》パイの言葉《ことば》に、音《おと》を立《た》てていた心臓《しんぞう》がたちまち痛《いた》くなる。やっぱりわからない。だって――

「あたしはイヤです。先《せん》パイもイヤじゃないですか？」

「それは――」

「これまで一緒《いっしょ》にがんばってきたのに、今回《こんかい》は『できない』なんておかしいし、あたしはさびしいです。先《せん》パイもそう思《おも》いませんか？」

そう一気《いっき》に話《はな》して、あたしは足《あし》もとに目《め》をおとす。

今度《こんど》こそ気《き》まずい沈黙《ちんもく》がおとずれた。先《せん》パイの考《かんが》えてることも、あたしが言《い》いたいことが先《せん》パイにとどいてるのかも、わからない。

数秒《すうびょう》の間《ま》のあと、やがて先《せん》パイはポツリと言《い》った。

「……思《おも》うよ」

その言葉《ことば》に顔《かお》をあげた。先《せん》パイはまっすぐあたしを見《み》ている。

「なんでだろうって思《おも》った。だけど、『できない』って言《い》ってるのに、ぼくが勝手《かって》なことは言《い》えないし……」

「勝手《かって》でいいじゃないですか！　あたし、一緒《いっしょ》にやりたいってヒビキくんにちゃんと伝《つた》えたいです。そもそも、勝手《かって》なこと言《い》ってるのはヒビキくんだと思《おも》いません？」

あたしの言葉《ことば》に先《せん》パイは目《め》を少《すこ》し丸《まる》くして、やがてふっとその口《くち》もとをゆるめた。

「たしかに」

「そうですよ！　いきなり『できない』だなんて勝手《かって》です！」

あたしたちは顔《かお》を見《み》あわせ、それからちょっとだけ笑《わら》った。気《き》まずい空気《くうき》がうすれ、先《せん》パイが話《はな》しはじめた。

「ヒビキが放送室《ほうそうしつ》をでていったあと、アサギに『五十嵐《いがらし》は去《さ》るもの追《お》わずだよな』って言《い》われたんだ。それでアサギとも言《い》いあいになっちゃって。『できない』って言《い》うのに勝手《かって》なことは言《い》えないって話《はな》したら、アサギまででていった」

先週《せんしゅう》、階段《かいだん》の踊《おど》り場《ば》でアサギ先《せん》パイとはちあわせしたときのことを思《おも》いだす。

去年《きょねん》の冬《ふゆ》、アサギ先《せん》パイが放送部《ほうそうぶ》に来《こ》なくなって幽霊部員《ゆうれいぶいん》になったときも、五十嵐先《いがらしせん》パイは自分《じぶん》が思《おも》っていることはずっと言《い》わずにいた。

今回《こんかい》のことだけじゃない。自分《じぶん》がやりたいこととか言《い》いたいことを、そういえば先《せん》パイはあまり自分《じぶん》から口《くち》にしない。

じつはすごく謙虚《けんきょ》な性格《せいかく》なのかな。

「……むずかしいです」

思《おも》わずつぶやいていた。あたしは単純《たんじゅん》に「なんで」って思《おも》ってたけど、先《せん》パイにとってはそんなにかんたんな話《はなし》じゃないのかも。

あたしの言葉《ことば》に小《ちい》さくうなずいてから、先《せん》パイはつづける。

「でも、ヒナさんが思《おも》ってること、言《い》ってくれてよかった。だからぼくも、ヒビキに思《おも》ってること、言《い》ったほうがいいのかなって思《おも》ったよ」

先《せん》パイは少《すこ》しすっきりした顔《かお》になっていて、おちこみかけてたあたしはホッとした。話《はな》してみてよかった。

先《せん》パイはそれから少《すこ》し苦笑《くしょう》して話《はな》しだした。

「部長《ぶちょう》なのにうまくやれてないし、どうしたらいいのかこの週末《しゅうまつ》はずっと考《かんが》えてたんだ。

明日《あした》の部活《ぶかつ》もまたヘンな空気《くうき》になったらどうしようって思《おも》ってた」

あたしはすかさず「そんなことないですよ！」って声《こえ》をあげる。

「五十嵐先《いがらしせん》パイ、すごくみんなのこと見《み》てるし……『うまくやれてない』なんてことないです！」

「ありがとう。——でも、うまくやれてないのは本当《ほんとう》なんだ。アサギとヒビキのこともどうにかしないとって思《おも》うだけで、何《なに》もできてないし」

「それは五十嵐先《いがらしせん》パイのせいじゃないですよ」

二人《ふたり》のことは五十嵐先《いがらしせん》パイの責任《せきにん》じゃないし、あたしだってどうにかしたほうがいいって思《おも》いつつも何《なに》もできてない。

「なんであんなにギスギスしてるんですかね、あの二人《ふたり》」

「水《みず》と油《あぶら》っていうのかな。ヒビキはヘンなところまじめだし融通《ゆうずう》きかないから、アサギとは正反対《せいはんたい》だよね」

「あ、あたしも同《おな》じこと思《おも》ってました！　水《みず》と油《あぶら》って。あたしも二人《ふたり》が仲《なか》よくできる方法《ほうほう》、考《かんが》えてみます。一人《ひとり》で悩《なや》むことないですよ！」

ちょっとでしゃばりすぎたかなって気持《きも》ちもあったけど、五十嵐先《いがらしせん》パイは「ありがとう」とやわらかくかえしてくれた。

「放送部《ほうそうぶ》にヒナさんがいてくれてよかった」

その言葉《ことば》にとたんに耳《みみ》まで熱《あつ》くなっちゃって、そのあとは何《なに》も言《い》えなくなる。

……ちょっとは頼《たよ》りにしてもらえてる、ってことかな。

ふわふわしちゃいそうなくらいうれしい。

あたしもちゃんと放送部《ほうそうぶ》の一員《いちいん》なんだって認《みと》めてもらえてるのを実感《じっかん》して、やる気《き》のスイッチがまた一《ひと》つ押《お》された。

4 水《みず》と油《あぶら》のふたり

放送部《ほうそうぶ》の活動日《かつどうび》である次《つぎ》の日《ひ》の放課後《ほうかご》。あたしはホームルームがおわった瞬間《しゅんかん》に教室《きょうしつ》を飛《と》びだして、一年《ねん》三組《くみ》にむかった。

昨日《きのう》の失敗《しっぱい》はくりかえさない。そそくさと教室《きょうしつ》からでてきたヒビキくんを発見《はっけん》すると、すかさずかけ寄《よ》って声《こえ》をかけた。

「部活《ぶかつ》行《い》こうよ」

ヒビキくんがあたしを無視《むし》してそのまま歩《ある》いていこうとするので、あたしはその通学《つうがく》バッグをつかんでひきとめる。

「はなせよ」

「やだ！」

あたしがしつこく通学《つうがく》バッグにしがみついてて、おまけに転《ころ》びそうになったのを見《み》て、ヒビキくんは大《おお》きなため息《いき》をついて足《あし》をとめた。

「なんなんだよ、おまえは」

「あたし納得《なっとく》いかないんだもん。『できない』ってどういうこと？」

「それは……」

とたんに気《き》まずそうな顔《かお》になり、ヒビキくんはあたしから顔《かお》をそむける。

「練習《れんしゅう》行《い》こうよ」

「……今《いま》はむずかしい、かも」

ヒビキくんはうつむいてヘッドフォンをいじりつつ、もごもごこたえる。

「むずかしいってどういうこと？　体育祭《たいいくさい》の音楽選《おんがくえら》び、あんなにはりきってたのに」

「――おれだって、」

ヒビキくんは顔《かお》をあげ、今度《こんど》こそ通学《つうがく》バッグからあたしをふりはらった。

「おれだって、やりたくないわけじゃないしっ！」

呼《よ》びとめる間《ま》もなく、ヒビキくんは廊下《ろうか》を走《はし》っていってしまう。「廊下《ろうか》を走《はし》るな」って途中《とちゅう》で先生《せんせい》に怒《おこ》られてたけど、それすら無視《むし》していなくなった。

……もっとうまく話《はなし》ができたんじゃないかな。

さっきのヒビキくんとのやりとりをひたすら反省《はんせい》しながらランニングをおえ、放送室《ほうそうしつ》にむかうとやっぱりヒビキくんはいなくて、アサギ先《せん》パイと五十嵐先《いがらしせん》パイが待《ま》っていた。

「ヒビキのヤツ、人《ひと》にはごちゃごちゃ言《い》うくせに自分《じぶん》はサボりかよ」

パイプいすの上《うえ》であぐらをかいて文句《もんく》を言《い》うアサギ先《せん》パイに、あたしはヒビキくんと話《はな》したことを伝《つた》えた。

「やっぱり、やりたくないわけじゃないんですよ」

ヒビキくんはすごく頑《かたく》なになってるように思《おも》えた。何《なに》かに追《お》いつめられてるというか、あせっていて余裕《よゆう》がなさそうというか。

一方《いっぽう》、「教《おし》えてくれてありがとう」って言《い》ってくれたのは五十嵐先《いがらしせん》パイだった。

「ヒビキにはぼくからも話《はな》してみるから」

五十嵐先《いがらしせん》パイの言葉《ことば》にアサギ先《せん》パイは目《め》を丸《まる》くし、それから愉快《ゆかい》そうな笑《え》みを浮《う》かべる。

「『できないと思《おも》うならしょうがない』んじゃなかったんだ？」

アサギ先《せん》パイがからかうように言《い》ったけど、五十嵐先《いがらしせん》パイは気《き》にせずそれにかえす。

「ヒビキも放送部《ほうそうぶ》の一員《いちいん》だから」

アサギ先《せん》パイは肩《かた》をすくめ、「そーだな」とこたえた。

先週言《せんしゅうい》いあいになったって聞《き》いたけど、どうやら先《せん》パイたちは大丈夫《だいじょうぶ》そうだ。

「アサギさ、ヒビキともう少《すこ》しうまくやれないかな？」

五十嵐先《いがらしせん》パイがそう言《い》うと、「うまくって言《い》ってもさー」とアサギ先《せん》パイはあぐらをかいたひざの上《うえ》にひじを乗《の》せて頰《ほお》づえをつく。

「あいつ、いつも一方的《いっぽうてき》につっかかってくるんだぜ？」

すっかり忘《わす》れてたけど、入部《にゅうぶ》したばかりのころ、あたしもヒビキくんに無視《むし》されたりしたのを思《おも》いだす。

「ヒビキくん、あたしも最初《さいしょ》はなかなか打《う》ちとけられなかったんです。でも、一回《いっかい》ちゃんと話《はな》してからは仲《なか》よくできるようになりましたよ」

「そういうもんなの？」

アサギ先《せん》パイはため息《いき》をつきながらも、「努力《どりょく》はしてみる」ってこたえてくれた。

「よろしく。アサギのほうが先《せん》パイなんだからさ」

「わかってるって」

そうして場《ば》の空気《くうき》がなごんだところでジャージ姿《すがた》の景山先生《かげやませんせい》がやって来《き》た。今日《きょう》は先生《せんせい》もまじえて体育祭《たいいくさい》の打《う》ちあわせをすることになっている。

「あれ、奏野《そうの》は？」

景山先生《かげやませんせい》の質問《しつもん》に五十嵐《いがらし》先《せん》パイがこたえた。

「今日《きょう》は休《やす》みです。何《なに》かあれば、ぼくから伝《つた》えておきます」


それからあたしたちは、先生《せんせい》が印刷《いんさつ》してきてくれた去年《きょねん》の体育祭《たいいくさい》のアナウンス原稿《げんこう》を、練習《れんしゅう》がてらさっそく読《よ》んでみた。

何度《なんど》かくりかえし原稿《げんこう》を読《よ》んで、わかりにくい言《い》いまわしを変《か》えたり、聞《き》きとりやすい日本語《にほんご》を考《かんが》えたりするのにその日《ひ》は時間《じかん》を使《つか》った。

アナウンスでもっと盛《も》りあげられないかって案《あん》もでて、それは次回《じかい》考《かんが》えることになった。

☆

翌日《よくじつ》のお昼休《ひるやす》みのことだった。

給食《きゅうしょく》を食《た》べおえて教室《きょうしつ》のすみで知花《ちか》とおしゃべりしていたら、なんとなく教室《きょうしつ》の空気《くうき》が変《か》わった。女子《じょし》たちがそわそわと入口《いりぐち》のほうを見《み》ている。

「何《なに》かあったのかな」

知花《ちか》と一緒《いっしょ》にふりかえって見《み》ると、一人《ひとり》の男子生徒《だんしせいと》が廊下《ろうか》から教室《きょうしつ》をのぞいていた。

……アサギ先《せん》パイ？

「あ、ヒナちゃん！」

あたしに気《き》づいたアサギ先《せん》パイが笑顔《えがお》で手《て》をふった瞬間《しゅんかん》、教室中《きょうしつじゅう》の女子《じょし》たちの目《め》がこっちにむいてビックリした。

「すごい、今《いま》みんながヒナのことうらやましいって思《おも》ってるよ！」

知花《ちか》に耳打《みみう》ちされて、「バカなこと言《い》わないでよ」ってこづく。

「放送部《ほうそうぶ》の用事《ようじ》に決《き》まってるんだから」

女子《じょし》に人気《にんき》があってすごいなぁって感心《かんしん》しつつ、あたしは小走《こばし》りで教室《きょうしつ》をでた。

「ごめんねー、呼《よ》びだしちゃって」

「大丈夫《だいじょうぶ》ですけど……何《なに》かあったんですか？」

アサギ先《せん》パイが廊下《ろうか》を歩《ある》きはじめたのでついていく。とりあえず教室中《きょうしつじゅう》から注《そそ》がれる視《し》線《せん》からは逃《に》げられた。

「ヒビキに用《よう》があるんだけど、一人《ひとり》で行《い》っても相手《あいて》してもらえなそうだなーって思《おも》ってさ」

聞《き》けば、明日《あした》のお昼《ひる》の放送《ほうそう》で使《つか》う音楽《おんがく》をヒビキくんが用意《ようい》することになっているのだという。

体育祭《たいいくさい》のことで頭《あたま》がいっぱいで、お昼《ひる》の放送《ほうそう》にまで頭《あたま》がまわってなかった。

「ヒビキくん、お昼《ひる》の放送《ほうそう》はどうするのかな」

お昼《ひる》の放送《ほうそう》は当番制《とうばんせい》で、内容《ないよう》によって四人《よにん》でやることも二人《ふたり》でやることもあった。

来週《らいしゅう》は期末《きまつ》テスト前《まえ》の部活動停止期間《ぶかつどうていしきかん》でお昼《ひる》の放送《ほうそう》はないけど、その次《つぎ》の週《しゅう》はヒビキくんの当番《とうばん》の日《ひ》もある。

今《いま》みたいに部活《ぶかつ》に来《こ》ないままだと打《う》ちあわせもできない。

「体育祭《たいいくさい》だってやりたくないわけじゃないんでしょ？　ホントにやりたいなら、そのうちもどってくるんじゃない？」

アサギ先《せん》パイの言葉《ことば》は気楽《きらく》すぎる気《き》もするけど、本当《ほんとう》にそうなるかもって思《おも》わせちゃうから不思議《ふしぎ》だ。アサギ先《せん》パイの声《こえ》は元気《げんき》をふりまくような声《こえ》なんだなって再認識《さいにんしき》する。

そうして一年《ねん》三組《くみ》の教室《きょうしつ》に到着《とうちゃく》した。

ヒビキくんの席《せき》は教室《きょうしつ》のドアのすぐ近《ちか》くで、休《やす》み時間《じかん》だっていうのに机《つくえ》いっぱいに問題《もんだい》集《しゅう》とノートをひろげてる。

「ヒビキくん！」

あたしが入口《いりぐち》から声《こえ》をかけると、これでもかってくらいじとーって見《み》られた。

「……なんだよ」

「あのね、アサギ先《せん》パイが用《よう》があるって」

あたしの後《うし》ろからアサギ先《せん》パイが顔《かお》をだすと、ヒビキくんはますますその目《め》を細《ほそ》めたものの、通学《つうがく》バッグから何《なに》かをとりだしてこっちにやって来《き》た。

「これだろ」

ヒビキくんは透明《とうめい》なケースに入《はい》ったCD《シーディー》をアサギ先《せん》パイにさしだした。用事《ようじ》はわかっていたらしい。

アサギ先《せん》パイが「サンキュ！」と明《あか》るくそれを受《う》けとると、ヒビキくんは何《なに》も言《い》わずに席《せき》にもどろうとした。それにすかさずアサギ先《せん》パイが声《こえ》をかける。

「おまえ、明日《あした》の部活《ぶかつ》は来《こ》いよ」

ヒビキくんの足《あし》がとまる。

「何考《なにかんが》えてんのか知《し》んないけど、みんな心配《しんぱい》してんだしさ」

昨日《きのう》、「努力《どりょく》はしてみる」と五十嵐《いがらし》先《せん》パイにこたえていたとおり、アサギ先《せん》パイはヒビキくんに歩《あゆ》み寄《よ》ろうとしていた。

これで二人《ふたり》が仲《なか》よくなってくれれば――

ふりかえったヒビキくんは、けど鋭《するど》い目《め》でアサギ先《せん》パイをにらんだ。

「ずっとみんなに心配《しんぱい》かけてた幽霊部員《ゆうれいぶいん》に言《い》われたくない」

思《おも》わず息《いき》を呑《の》んだ。

やっぱりヒビキくんはそんなに甘《あま》くなかった。

アサギ先《せん》パイは傷《きず》ついたのをかくすように、顔《かお》にムリやり笑《え》みをはりつける。

「……悪《わる》かったな」

それきり何《なに》も言《い》わずにあたしたちに背《せ》をむけると、大《おお》またで去《さ》っていってしまう。

あたしはヒビキくんが席《せき》にもどろうとしているのに気《き》づいて、とっさにその手首《てくび》をつかんだ。

「なんだよ」

「なんであんなこと言《い》ったの⁉」

いつも明《あか》るいし軽《かる》いノリのアサギ先《せん》パイだけど、去年問題《きょねんもんだい》を起《お》こしたこと、幽霊部員《ゆうれいぶいん》だったことは今《いま》でも気《き》にしてる。そんなこと、放送部《ほうそうぶ》にいればわかるはずなのに。

ヒビキくんは唇《くちびる》をかんであたしの手《て》をふりはらう。

「関係《かんけい》ないだろ」

「関係《かんけい》なくない！」

鶴谷
藍内

「……今《いま》、余計《よけい》なこと考《かんが》えてる余裕《よゆう》ない」

「よ、余計《よけい》なことって――」

ヒビキくんは音《おと》を立《た》てて自分《じぶん》の席《せき》にもどると、ヘッドフォンをして世界《せかい》に壁《かべ》を作《つく》ってあたしをしめだした。

あたしは自分《じぶん》たちを見《み》ていた三組《くみ》の人《ひと》たちの視線《しせん》に気《き》づき、逃《に》げるようにかけだした。

色《いろ》んなことが腹立《はらだ》たしくて頭《あたま》に血《ち》がのぼる。何《なに》よりヒビキくんの壁《かべ》を壊《こわ》せない自分《じぶん》がくやしかった。

5 アサギ先《せん》パイの事情《じじょう》

赤《あか》い顔《かお》をして一組《くみ》の教室《きょうしつ》にもどってきたあたしに、知花《ちか》はとたんに眉《まゆ》を寄《よ》せた。

「どうしたの？　アサギ先《せん》パイは？」

気《き》持《も》ちがグラグラしてて何《なに》も言《い》えないあたしを、知花《ちか》はベランダにひっぱっていって座《すわ》らせると、正面《しょうめん》からぎゅっとしてくれた。

「ここなら誰《だれ》も見《み》てないし泣《な》いてもいいよ！」

わざとらしくおどけた口調《くちょう》の知花《ちか》に、「泣《な》かない」ってこたえてため息《いき》をつく。

知花《ちか》にもう一回《いっかい》ぎゅっとされてから頭《あたま》をポンポンされて、大《おお》きく深呼吸《しんこきゅう》したらようやくおちついた。二人《ふたり》で壁《かべ》に寄《よ》りかかって三角座《さんかくずわ》りをする。

「知花《ちか》ってお母《かあ》さんみたい」

「やめてよー。幼稚園生《ようちえんせい》の妹《いもうと》が二人《ふたり》もいるから慣《な》れてるだけだし」

あたしは小《ちい》さい妹《いもうと》と同《おな》じなのか、ってしょげたら笑《わら》われた。

さっきあったことをかんたんに話《はな》した。人《ひと》に話《はな》したおかげでちょっとだけ気持《きも》ちの整理《せいり》ができて、カッカしていた熱《ねっ》もひいていく。

「放送部《ほうそうぶ》、まだもめてるんだねー」

「もめてる……のかなぁ、やっぱり」

来週《らいしゅう》はテスト前《まえ》の部活動停止期間《ぶかつどうていしきかん》で、その次《つぎ》の週《しゅう》の土曜日《どようび》が体育祭《たいいくさい》の本番《ほんばん》。

このままだと、体育祭実行委員《たいいくさいじっこういいん》の会議《かいぎ》で心配《しんぱい》されたとおりになっちゃいそう。

色《いろ》んなことがうまくいかなくて不安《ふあん》でどうしようもない。抱《かか》えたひざに顔《かお》をうずめていたら、となりから知花《ちか》につつかれた。

「ねぇねぇ、聞《き》いてもいい？」

「新聞部《しんぶんぶ》に提供《ていきょう》できる特《とく》ダネはないよ」

「ちがうって。──あのさ、ヒナが好《す》きなの、五十嵐先《いがらしせん》パイなんだよね？」

突然《とつぜん》の質問《しつもん》にポカンとしてから、さっきとはちがう成分《せいぶん》で顔《かお》が熱《あつ》くなってくる。

「そ、それはそうだけど……」

「だよねー、なんでもない」

お昼休《ひるやす》みのおわりを告《つ》げるチャイムが校内《こうない》にひびいた。

☆

次《つぎ》の日《ひ》のお昼《ひる》の放送《ほうそう》は五十嵐先《いがらしせん》パイとアサギ先《せん》パイの当番《とうばん》だった。

教室《きょうしつ》で給食《きゅうしょく》を食《た》べながら聞《き》いたアサギ先《せん》パイの声《こえ》は、いつもどおり明《あか》るくて元気《げんき》そうだった。

昨日《きのう》のヒビキくんの言葉《ことば》で傷《きず》ついた顔《かお》をしてたし、ちょっと心配《しんぱい》してたからホッとした。けど、放課後《ほうかご》に放送室《ほうそうしつ》で会《あ》ったアサギ先《せん》パイはなんとなく元気《げんき》がなかった。放送《ほうそう》のときはそういうの、表《おもて》にださないんだって気《き》がつく。

そしてヒビキくんはというと、今日《きょう》も放送室《ほうそうしつ》に来《こ》なかった。五十嵐先《いがらしせん》パイも話《はな》しに行《い》ったけど逃《に》げられてしまったという。

「ヒビキがいない分《ぶん》も三人《にん》で進《すす》めておくしかないね」

それを聞《き》いて、アサギ先《せん》パイが静《しず》かにため息《いき》をついた。

少《すこ》しして景山先生《かげやませんせい》があらわれて打《う》ちあわせがはじまった。

前回《ぜんかい》の打《う》ちあわせもふまえ、どうやってアナウンスを分担《ぶんたん》するか決《き》めることになった。

人数《にんずう》が少《すく》ないのでうまくまわさないといけない。

放送部《ほうそうぶ》は体育祭実行委員《たいいくさいじっこういいん》の本部《ほんぶ》テントのすみに席《せき》が用意《ようい》され、そこでスタンバイできるそうだ。

「あ、午前中《ごぜんちゅう》のここ、二年男子《ねんだんし》の百《ひゃく》メートル走《そう》と一年女子《ねんじょし》の百《ひゃく》メートル走《そう》が連続《れんぞく》だから、競技《きょうぎ》の間《あいだ》のアナウンスはあたしも先《せん》パイたちも厳《きび》しいですね」

「ここはヒビキの担当《たんとう》だね」

五十嵐先《いがらしせん》パイが当然《とうぜん》のようにそう言《い》って、あたしとアサギ先《せん》パイはチラと視線《しせん》をかわす。

「そういう奏野《そうの》は？　今日《きょう》も休《やす》みか？」

景山先生《かげやませんせい》に、ヒビキくんが今週《こんしゅう》は一度《いちど》も部《ぶ》に来《き》ていないことを五十嵐先《いがらしせん》パイが説明《せつめい》した。

「選曲《せんきょく》は自分《じぶん》がやるってはりきってなかったか？」

ヒビキくんは、みんなが知《し》ってるアイドルグループの曲《きょく》から海外《かいがい》のアーティストの曲《きょく》、さらにはクラシック音楽《おんがく》や映画音楽《えいがおんがく》まで、はばひろく知《し》っていてくわしい。競技中《きょうぎちゅう》に流《なが》す音楽《おんがく》は毎年使《まいとしつか》っているお決《き》まりの曲《きょく》には絶対《ぜったい》にしたくないって、ちょっと前《まえ》まではりきっていたのは景山先生《かげやませんせい》も知《し》っている。

「奏野《そうの》のことはおれも気《き》にとめておくけど。もし手《て》がたりなそうだったら、部分的《ぶぶんてき》に体育《たいいく》祭実行委員《さいじっこういいん》から人手《ひとで》を借《か》りて、アナウンスを手伝《てつだ》ってもらう必要《ひつよう》があるかもしれないな」

会議《かいぎ》であたしをにらんでいた体育祭実行委員長《たいいくさいじっこういいんちょう》の島崎先《しまざきせん》パイを思《おも》いだす。

できればあの人《ひと》の手《て》は借《か》りたくない……。

そうしておおよその分担《ぶんたん》を決《き》めたところで、景山先生《かげやませんせい》は職員室《しょくいんしつ》にノートパソコンをとりに行《い》った。先生《せんせい》のパソコンを借《か》りてアナウンス原稿《げんこう》をなおすことになったのだ。

先生《せんせい》を待《ま》っていると、アサギ先《せん》パイがここぞとばかりにノートやプリントの束《たば》を長机《ながづくえ》の上《うえ》にだした。

「これ、二年《ねん》以上前《いじょうまえ》の体育祭《たいいくさい》のアナウンス原稿《げんこう》と資料《しりょう》。アナウンスで盛《も》りあげる方法考《ほうほうかんが》えるって話《はなし》になってたじゃん。参考《さんこう》になりそうでしょ？」

見《み》ると、何年《なんねん》も前《まえ》の原稿《げんこう》もあった。

「すごい、アサギ先《せん》パイが自分《じぶん》で集《あつ》めたんですか？」

「ま、先生《せんせい》に資料《しりょう》がある場所《ばしょ》聞《き》いたくらいだけどねー」

アサギ先《せん》パイは資料《しりょう》をひろげて明《あか》るすぎるくらいの口調《くちょう》で説明《せつめい》してく。鼻歌《はなうた》でも歌《うた》いだしそうな陽気《ようき》さで、自分《じぶん》で自分《じぶん》のテンションをあげようとしてるみたいに見《み》えた。

「調《しら》べてわかったんだけど、何年《なんねん》も前《まえ》、放送部《ほうそうぶ》の人数《にんずう》が多《おお》かったころは、体育祭《たいいくさい》のアナウンスは放送部《ほうそうぶ》だけで担当《たんとう》してたみたいだよ」

「よく見《み》つけたね」

五十嵐《いがらし》先《せん》パイも感心《かんしん》したように見《み》ている。

「放送室《ほうそうしつ》の棚《たな》にはまったく資料《しりょう》がなかった」

「先《せん》パイたち、資料《しりょう》とっておいたり整理《せいり》したりとかしない人《ひと》たちだったもんな」

二人《ふたり》はなつかしそうに、あたしの知《し》らない昔《むかし》の放送部《ほうそうぶ》の先《せん》パイの思《おも》い出話《でばなし》をした。去年《きょねん》の今《いま》ごろは、放送部《ほうそうぶ》に二年《ねん》と三年《ねん》の先《せん》パイがいたらしいことはあたしも聞《き》いている。

「せっかくなら、体育祭実行委員《たいいくさいじっこういいん》もおどろくようなアナウンスにしたいよね。毎年同《まいとしおな》じ原《げん》稿読《こうよ》むだけなんて面白《おもしろ》くないよ」

アサギ先《せん》パイは器用《きよう》だしなんでもソツなくこなせるイメージだけど、じつは見《み》えないところで人《ひと》よりがんばってるのかも。今日《きょう》みたいに資料《しりょう》を集《あつ》めたり、練習《れんしゅう》したり。

「それに、体育祭《たいいくさい》って祭《まつ》りだろ。原稿読《げんこうよ》まないのもアリじゃん」

「原稿読《げんこうよ》まないんですか？」

あたしが聞《き》くと、アサギ先《せん》パイはいかにも楽《たの》しそうに教《おし》えてくれた。

「せっかくなら実況《じっきょう》とかしたいじゃん。リレーなんかでやると盛《も》りあがるよ、きっと」

「実況《じっきょう》って、スポーツの試合《しあい》でアナウンサーがやってるアレですか？」

「そうそう。じーちゃんの商店街《しょうてんがい》で祭《まつ》りとかイベントがあると、おれ、司会《しかい》やらせてもらってんの。ゲームコーナーで実況《じっきょう》すると結構盛《けっこうも》りあがるんだよね」

アサギ先《せん》パイのおじいさんの家《いえ》は、坂月中学《さかつきちゅうがく》の近《ちか》くにある商店街《しょうてんがい》のおせんべい屋《や》さん、鶴谷堂《つるたにどう》だ。あたしがアサギ先《せん》パイと最初《さいしょ》に出会《であ》ったのもそこだった。

それにしても、お昼《ひる》の放送《ほうそう》でアドリブでコメントをすることはあるけど、実況《じっきょう》みたいに原稿《げんこう》がないなかで長《なが》い時間話《じかんはな》すというのはやったことがなかった。

「じゃ、アサギはリレーで実況《じっきょう》やる？」

五十嵐《いがらし》先《せん》パイが決《き》めたばかりの分担表《ぶんたんひょう》に目《め》をやった。

「やるやる！　あ、それならヒナちゃんもやってみれば？　リレー、男子《だんし》の部《ぶ》と女子《じょし》の部《ぶ》があるし」

「え、あたしがですか？」

原稿《げんこう》があれば読《よ》める気《き》がするけど、実況《じっきょう》なんてこれっぽっちも自信《じしん》がない。

少《すこ》し前《まえ》にお昼《ひる》の放送《ほうそう》でしくじったのを思《おも》いだす。あのときあたしが言《い》おうとしたコメントにも原稿《げんこう》がなかった。

同《おな》じ失敗《しっぱい》をして、また五十嵐《いがらし》先《せん》パイに迷惑《めいわく》かけちゃいそう。

迷《まよ》って五十嵐《いがらし》先《せん》パイのほうを見《み》ると、先《せん》パイはあたしの気持《きも》ちをわかったように言《い》ってくれる。

「ムリしなくてもいいよ。でも、興味《きょうみ》があるならやってみたら勉強《べんきょう》にはなると思《おも》う」

五十嵐《いがらし》先《せん》パイの言葉《ことば》に、アサギ先《せん》パイもつづいた。

「やるならおれが教《おし》えるよ？」

やるもやらないも、決《き》めるのはあたし。

だけど、やれないって決《き》めつけるのはしたくないって気持《きも》ちもある。

それに、あたしは放送部《ほうそうぶ》に入《はい》ったときに「逃《に》げない」って心《こころ》に決《き》めたのだ。こたえは決《き》まってる。

少《すこ》しぷるぷるしながらも手《て》をあげた。

「や、やってみます！」

新《あたら》しいことをやるのはドキドキする。でも、がんばってやってみてできたら、きっとこれまで以上《いじょう》に前《まえ》に進《すす》めるはず。

アサギ先《せん》パイに「がんばります！」って言《い》ったら、五十嵐先《いがらしせん》パイがポツッとつぶやいた。

「ヒナさん、やっぱりアサギと仲《なか》いいんだね」

急《きゅう》にどうしたんだろうと思《おも》ったけど、五十嵐先《いがらしせん》パイはそれ以上《いじょう》は言《い》わずに資料《しりょう》に目《め》をおとした。

そのあと景山先生《かげやませんせい》がもどってきたので、手《て》わけして原稿《げんこう》を作《つく》ったり、実況《じっきょう》のコツや練習《れんしゅう》方法《ほうほう》をアサギ先《せん》パイに教《おそ》わったりすることになった。

アサギ先《せん》パイは機材室《きざいしつ》の窓《まど》からグラウンドを見《み》おろして、「ピッチャー投《な》げた！」「バッター打《う》った！　走《はし》る走《はし》る走《はし》る、セーフ！」とか練習中《れんしゅうちゅう》の野球部《やきゅうぶ》を実況《じっきょう》してみせてくれる。

「できる気《き》がしない……」

さっきの決意《けつい》はどこへやら、弱気《よわき》になってるあたしをアサギ先《せん》パイはからっと笑《わら》う。

「今《いま》のなんて適当《てきとう》だし大丈夫《だいじょうぶ》だって！　できるできる」

実況《じっきょう》の練習《れんしゅう》として、テレビを観《み》ながら番組《ばんぐみ》の説明《せつめい》をしてみる、スポーツ中継《ちゅうけい》の実況《じっきょう》をマネしてみる、といったことを教《おし》えてもらって、あたしはせっせとメモをとった。

「あと、ヒマなときにガムかむといいよ」

「ガム？」

「うん。顔《かお》の筋肉《きんにく》のストレッチになるんだって」

アサギ先《せん》パイは手《て》をのばし、「五十嵐《いがらし》もガムかんで顔《かお》やわらかくしろよ」とノートパソコンを操作《そうさ》していた五十嵐《いがらし》先《せん》パイのほっぺたをつまもうとする。

五十嵐《いがらし》先《せん》パイはクールな表情《ひょうじょう》のままそれからさっと逃《に》げて、アサギ先《せん》パイは声《こえ》を立《た》てて笑《わら》った。やっぱりテンションが高《たか》い。

やることがあると時間《じかん》はあっという間《ま》で、気《き》がつけば下校時刻《げこうじこく》になっていた。

いつもは練習《れんしゅう》がおわったあと、放送室《ほうそうしつ》の鍵《かぎ》を職員室《しょくいんしつ》にかえしに行《い》く五十嵐先《いがらしせん》パイを待《ま》ってからみんなで学校《がっこう》をでる。

なのに、その日《ひ》はちがった。

「ちょっと用事《ようじ》があるから、先《さき》に帰《かえ》っててもらえる？」

放送室《ほうそうしつ》の鍵《かぎ》を手《て》にした五十嵐先《いがらしせん》パイにそう言《い》われ、あたしとアサギ先《せん》パイは二人《ふたり》で帰《かえ》ることになった。

用事《ようじ》ってなんだろう。景山先生《かげやませんせい》に相談《そうだん》でもあるのかな。

一緒《いっしょ》に帰《かえ》れなくてがっかりだけど、しょーがない。

それに、じつはアサギ先《せん》パイの様子《ようす》も気《き》になってた。

「ヒナちゃん兄弟《きょうだい》いないんだ。うちは小四《しょうよん》の妹《いもうと》いるよ」

「三丁目《ちょうめ》にある文房具屋《ぶんぼうぐや》行《い》ったことある？」

「うちの近所《きんじょ》に住《す》んでるトラネコがさー……」

二人《ふたり》になってからアサギ先《せん》パイはずっとしゃべってるんだけど、話題《わだい》もポンポン飛《と》ぶしいつも以上《いじょう》に明《あか》るいしで、なんというかムリしてる感《かん》がすごい。

実況《じっきょう》のことを教《おし》えてもらったときも、すごくテンションが高《たか》かったし。

校門《こうもん》を抜《ぬ》けたところで、鶴谷堂《つるたにどう》の新作《しんさく》おせんべいの話《はなし》をしていたアサギ先《せん》パイをさえぎった。

「アサギ先《せん》パイ、」

「何《なに》？」

「昨日《きのう》ヒビキくんに言《い》われたこと、気《き》にしてますか？」

アサギ先《せん》パイの元気《げんき》の風船《ふうせん》が目《め》に見《み》えてしぼんでいく。明《あか》るかった表情《ひょうじょう》がとたんに複雑《ふくざつ》なものに変《か》わった。

「まぁ……でも、幽霊部員《ゆうれいぶいん》だったのは事実《じじつ》だし、言《い》われたとおりっつーか。気《き》にしてもしょーがないし？」

何《なに》かをあきらめたように笑《わら》ったアサギ先《せん》パイに、思《おも》ってることはちゃんと言《い》わなきゃダメなんだなって気持《きも》ちを強《つよ》くする。

「あたし、アサギ先《せん》パイが放送部《ほうそうぶ》にもどってきてくれて、すごくよかったって思《おも》ってます」

アサギ先《せん》パイは唇《くちびる》をきゅっと結《むす》ぶ。

「だからその、カラ元気《げんき》しないでください！」

「……おれ、カラ元気《げんき》してた？」

「カラカラでした」

アサギ先《せん》パイは小《ちい》さくふきだすと、ははっと声《こえ》をあげて笑《わら》った。今度《こんど》は作《つく》った笑《わら》いじゃない。

「おれ、カラカラだったんだ。何《なに》それ、ヤバすぎ！」

「ヤバいんで、もうカラカラしないでください」

「うん、わかった」

「ヒビキくんも、言《い》いすぎたって思《おも》ってると思《おも》います。おちこむことないですよ！」

うまく言《い》いたいことが言《い》えたかわからなかったけど、アサギ先《せん》パイは明《あか》るく「ありがと！」って言《い》ってくれた。

「でもおれ、ヒビキのおかげでわかったこともあってさ」

おだやかな雰囲気《ふんいき》のまま、アサギ先《せん》パイは言葉《ことば》をつづける。

「誰《だれ》かがいなくなるのって、すごく気《き》になるし、なんていうか不安《ふあん》になる。おれも悪《わる》いことしてたんだなーってあらためて思《おも》った」

アサギ先《せん》パイが幽霊部員《ゆうれいぶいん》になっても五十嵐《いがらし》先《せん》パイは何《なに》も言《い》わなかった。けど、心《こころ》のなかではアサギ先《せん》パイをずっと待《ま》っていた。

そのころはきっと、互《たが》いが考《かんが》えてることなんてまったくわからなかったんだろうな。

「アサギ先《せん》パイは、今《いま》は部《ぶ》に来《き》てます」

「うん。だからおれ、放送部《ほうそうぶ》にはちゃんと行《い》く。もう幽霊部員《ゆうれいぶいん》にはならない」

アサギ先《せん》パイは照《て》れたように笑《わら》ってから、「そうだ！」と背負《せお》っていた通学《つうがく》バッグをおろし、なかをかきまわして何《なに》かをとりだした。

「これ、ヒナちゃんにあげる」

わたされたのは、個包装《こほうそう》されたざらめとネギみそ味《あじ》のおせんべいだった。透明《とうめい》な袋《ふくろ》には『鶴谷堂《つるたにどう》』のマーク。

「ありがとうございます！　いいんですか？」

「うん、ヒナちゃんのおかげで元気《げんき》になったからお礼《れい》。また店《みせ》にも来《き》てね」

鶴谷堂《つるたにどう》に寄《よ》るというアサギ先《せん》パイと、商店街《しょうてんがい》の手前《てまえ》の道《みち》で手《て》をふって別《わか》れた。

アサギ先《せん》パイが少《すこ》しは元気《げんき》になってくれたみたいでよかった。


六月《がつ》になってどんどん日《ひ》がのびてて、もうすぐ午後《ごご》六時《じ》だけど空《そら》はまだ明《あか》るい。

一人《ひとり》で国道沿《こくどうぞ》いの道《みち》を歩《ある》いていると街灯《がいとう》がまたたいた。少《すこ》し歩《ある》くと地元《じもと》の図書館《としょかん》が見《み》えてくる。三階建《かいだ》てで、小中学生《しょうちゅうがくせい》が使《つか》える広《ひろ》い自習室《じしゅうしつ》もある。

図書館《としょかん》にも、体育祭《たいいくさい》に使《つか》えそうな資料《しりょう》とかあるかな。

なんてことを考《かんが》えて足《あし》をとめたそのとき、図書館《としょかん》の自動扉《じどうとびら》がひらいた。

なかから白《しろ》い半《はん》そで学生《がくせい》シャツを着《き》た男子《だんし》がでてくる。坂月中学《さかつきちゅうがく》の通学《つうがく》バッグが見《み》え、誰《だれ》だろうって目《め》をこらすと、見覚《みおぼ》えのあるヘッドフォンに気《き》がついた。

ギョッとしたような顔《かお》でこっちを見《み》ているのは、ヒビキくんだった。

6 ヒビキくんの事情《じじょう》

あたしだって学習《がくしゅう》する生《い》きものなのだ。

ここ数日《すうじつ》の経験《けいけん》から、ヒビキくんが逃《に》げるにちがいないって思《おも》ったあたしは、飛《と》びつくようにしてヒビキくんの手首《てくび》をつかんだ。

「なんだよ！」

その動《うご》きがあまりに素早《すばや》かったからか、ヒビキくんは一歩《いっぽ》あとずさっただけで逃《に》げだしはしなかった。これだけでもう勝《か》った気分《きぶん》。

「図書館《としょかん》で何《なに》してたの？」

「なんでもいいだろ」

「よくない。部活《ぶかつ》サボって何《なに》してたのか気《き》になる」

自動扉《じどうとびら》の前《まえ》でそんなやりとりをしてたら、図書館《としょかん》のなかからでてきた人《ひと》にいかにもジャマそうな目《め》で見《み》られてしまった。

あたしたちはにらみあったまま、道《みち》のわきによけた。もちろん手首《てくび》はつかんだままだ。

「おれ、時間《じかん》ないし帰《かえ》りたいんだけど」

「話《はな》してくれるまで、はなさない」

「……おまえ、意外《いがい》としつこいよな」

「それ、ヒビキくんのせいだからね」

じりじりじりり、とまたにらみあって。

あたしがつかんでないほうの手《て》をあげて、ヒビキくんは「降参《こうさん》」って言《い》った。

「わかった。話《はな》すから手《て》、はなせ」

「逃《に》げない？」

「逃《に》げない」

「逃《に》げたら家《いえ》まで追《お》いかけるからね」

「おまえが走《はし》っておれに追《お》いつけると思《おも》わないけど」

「やっぱり逃《に》げるの!?」

「だから逃《に》げないって！」

手《て》をはなしてもヒビキくんは逃《に》げずにいてくれた。そして、すぐ近《ちか》くにある児童公園《じどうこうえん》で話《はなし》をすることにした。

あたしはヘンな顔《かお》をしたウマかクマかわからない形《かたち》の乗《の》りものに横座《よこずわ》りして、一方《いっぽう》のヒビキくんはサビついた古《ふる》いベンチに座《すわ》る。

「で？　おれは何《なに》を話《はな》せばいいの？」

ひらきなおったような態度《たいど》のヒビキくんは、あたしにじとっとにらまれると、とたんに気《き》まずそうな顔《かお》になって足《あし》もとを見《み》た。

「……悪《わる》かったよ、色々《いろいろ》」

ヒビキくんは小《ちい》さくなって、ベンチのとなりにおいていた通学《つうがく》バッグのファスナーをあけて中身《なかみ》をこっちに見《み》せてきた。

普段《ふだん》の授業《じゅぎょう》で使《つか》う教科書《きょうかしょ》とノートだけじゃない、たくさんの参考書《さんこうしょ》と問題集《もんだいしゅう》がバッグいっぱいに入《はい》ってる。

「図書館《としょかん》で、テスト勉強《べんきょう》してたんだ」

期末《きまつ》テストは再来週《さらいしゅう》の月曜日《げつようび》から水曜日《すいようび》までの三日間《みっかかん》。テスト範囲《はんい》はもう発表《はっぴょう》されてたけど、部活動停止期間《ぶかつどうていしきかん》は来週《らいしゅう》からだし、あたしはまだテスト勉強《べんきょう》ははじめてない。

「すごい、もうやってるんだ」

「……次《つぎ》のテストで学年《がくねん》で十位以内《いいない》に入《はい》れなかったら、部活《ぶかつ》やめることになってる」

何《なに》を言《い》われたのかよくわからなくて、理解《りかい》するのに数秒《すうびょう》かかった。

「部活《ぶかつ》やめる……え、学年《がくねん》で十位以内《いいない》？　何《なに》それ？」

「だから――」

ヒビキくんの説明《せつめい》をまとめるとこうだ。

ヒビキくんは先月《せんげつ》の中間《ちゅうかん》テストの成績《せいせき》があまりよろしくなくて、お母《かあ》さんにひどく怒《おこ》られたらしい。

中間《ちゅうかん》テストはお昼《ひる》の放送《ほうそう》が再開《さいかい》した少《すこ》しあとのことで、部活《ぶかつ》に夢中《むちゅう》だったせいで成績《せいせき》が悪《わる》かったんだと言《い》われ、カッとしたヒビキくんは宣言《せんげん》した。

「それで『十位以内《いいない》に入《はい》れなかったら部活《ぶかつ》やめる』って言《い》っちゃったの!?」

十位《い》なんて、あたしの順位《じゅんい》から見《み》たら山《やま》のてっぺん、天国《てんごく》に近《ちか》い雲《くも》の上《うえ》だ。

「なんでそんな大《だい》それたことを……」

「売《う》り言葉《ことば》に買《か》い言葉《ことば》って言《い》うだろ」

しまいにはヒビキくんはベンチの上《うえ》で三角座《さんかくずわ》りになって、両《りょう》うでに顔《かお》をうずめてしまう。

自分《じぶん》でもバカなことを言《い》ったと思《おも》ってるにちがいない。

ヒビキくん、部活《ぶかつ》をやめたくなくて必死《ひっし》に勉強《べんきょう》してたんだ。

放送部《ほうそうぶ》のことをキライになったとか、やりたくなくなったとか、そういう理由《りゆう》じゃなくてよかった。よかったけど、勉強《べんきょう》のことじゃまったく力《ちから》になれる気《き》がしない。

「この間《あいだ》の中間《ちゅうかん》テスト、あたしも順位《じゅんい》よくなかったんだよね。こんなに順位《じゅんい》が低《ひく》いヤツもいるんだからおれは問題《もんだい》ない、みたいな感《かん》じでお母《かあ》さんを説得《せっとく》するのはどう？」

「それ、どうもこうもないだろ」

やっぱり。

「そもそも、順位《じゅんい》よくなかったってどれくらいだよ」

そういうわけで、あたしはしぶしぶペンケースの奥《おく》にしまっていた順位表《じゅんいひょう》の封印《ふういん》をとき、ヒビキくんの順位表《じゅんいひょう》と交換《こうかん》した。

「え、何《なに》これ！　ヒビキくん、この順位《じゅんい》で悪《わる》いなんて言《い》ってるの？」

学年《がくねん》で三十位《い》。天国《てんごく》とまでは行《い》かないけど山《やま》の上《うえ》のほうの成績《せいせき》だ。

一方《いっぽう》、あたしの順位表《じゅんいひょう》を見《み》たヒビキくんは、笑《わら》うどころか本気《ほんき》で心配《しんぱい》そうな顔《かお》になった。

「おまえ、この順位《じゅんい》でなんで普通《ふつう》に生《い》きてられんだよ」

「そ、そこまで言《い》わなくても！　それにあたし、回答欄《かいとうらん》をまちがえちゃってて――」

「回答欄《かいとうらん》をまちがえたって、どんだけまちがえたらこうなんの？」

「……数学《すうがく》と理科《りか》と社会《しゃかい》の半分《はんぶん》ずつ……」

ヒビキくんはそれ以上《いじょう》は言《い》わず、だまって順位表《じゅんいひょう》をかえしてくる。

二人《ふたり》してずーんとおちこんだ。ヒビキくんの話《はなし》を聞《き》くはずが、なんでこんなことに。

「……まぁ、なんていうかさ。うちの親《おや》、成績《せいせき》にうるさいんだよ。おれ、私立《しりつ》の中学受験《ちゅうがくじゅけん》したんだけどおちたんだ。だから高校受験《こうこうじゅけん》こそは！　って今《いま》から燃《も》えてんの」

「高校受験《こうこうじゅけん》って……まだ中学入《ちゅうがくはい》ったばかりなのに？」

「うちの親《おや》いわく、『受験戦争《じゅけんせんそう》はもうはじまってるんだ』ってさ」

おそろしい世界《せかい》だ。

「だから、次《つぎ》の期末《きまつ》テストはしくじれないんだよ。結果《けっか》がよければ今《いま》までどおり部活《ぶかつ》行《い》くし。テストおわるまで、おれのこと、ほっといてくれていいから」

「でも……」

「何《なに》？」

「もし結果《けっか》がよくなかったら？」

ヒビキくんは再《ふたた》びだまりこんでしまった。公園《こうえん》の白《しろ》い街灯《がいとう》に照《て》らされたその顔《かお》はとっても暗《くら》い。

学校《がっこう》で話《はな》したときもイライラしてたし余裕《よゆう》ないって言《い》ってたし、すごくあせってて不安《ふあん》になってるの、あたしにもわかる。

かといって、あたしじゃ勉強《べんきょう》を教《おし》えるとかムリだし……。

「そうだ！　ねぇ、先《せん》パイたちに勉強見《べんきょうみ》てもらうのは？」

「先《せん》パイたちって……ナガレとあいつ？」

あいかわらずアサギ先《せん》パイのことを「あいつ」呼《よ》ばわりしてるけど、とりあえずうなずいておく。

「先《せん》パイたちなら、少《すく》なくともあたしより勉強《べんきょう》できるよ！　来週《らいしゅう》は部活動停止期間《ぶかつどうていしきかん》だしさ、みんなで一緒《いっしょ》に勉強《べんきょう》しようよ」

「みんなでって……いいよ、ジャマだし」

ヘンな顔《かお》の乗《の》りものからあたしは立《た》ちあがった。

「あたし、一人《ひとり》で悩《なや》むのってよくないなってすごく思《おも》ったの。ヒビキくんも一人《ひとり》で悩《なや》まないほうがいいよ。勉強《べんきょう》もみんなでやったほうが楽《たの》しいだろうし」

「……怒《おこ》ってないの？」

ふいの質問《しつもん》にあたしは目《め》をまたたいた。

「急《きゅう》に部活行《ぶかつい》かなくなったし、あんな態度《たいど》だったたし。みんな怒《おこ》ってないの？」

ヒビキくんは何《なに》かと極端《きょくたん》だけど根《ね》はやさしいし、ちゃんとみんなのことを気《き》にかけてる。

あたしは首《くび》を横《よこ》にふった。

「怒《おこ》ってないし、どっちかというと心配《しんぱい》してるよ。――あ、五十嵐《いがらし》先《せん》パイも、本当《ほんとう》はヒビキくんと一緒《いっしょ》にやりたいって言《い》ってたし」

「あのナガレが？」

ヒビキくんが放送室《ほうそうしつ》を飛《と》びだしたとき、五十嵐先《いがらしせん》パイが冷《つめ》たく聞《き》こえるようなことを言《い》ったのを思《おも》いだす。

「言《い》ってたよ。本当《ほんとう》はヒビキくんがいないのはイヤだって」

「本当《ほんとう》に？　あのナガレなのに？」

なんだかいやに疑《うたぐ》り深《ぶか》い。

「そんなにあたしのこと疑《うたが》うの？」

「そうじゃないけど。だってあのナガレだし……」

ぶつぶつ言《い》ってからヒビキくんは教《おし》えてくれた。

「ナガレって、昔《むかし》からすごく聞《き》きわけがいいんだよ」

五十嵐先《いがらしせん》パイには、病気《びょうき》がちで入退院《にゅうたいいん》をくりかえしている小学生《しょうがくせい》の弟《おとうと》さんがいるのだという。

「その弟《おとうと》、すっげーわがままなの。あれ食《た》べたい、これしたい、あれが欲《ほ》しいって。でも体弱《からだよわ》いしさ、親《おや》はわがまま聞《き》くだろ。で、弟《おとうと》がそんなんだから、兄《あに》キのナガレはまったくわがまま言《い》わないんだ」

そうやって、五十嵐先《いがらしせん》パイは常《つね》に自分《じぶん》のことをあとまわしにしてきた。

自分《じぶん》のわがままで親《おや》をこまらせたくないから。

「わがままどころか、思《おも》ってることも全然言《ぜんぜんい》わないし顔《かお》にもださないだろ。何《なに》も言《い》わないのがムカついたこともあったけど、まぁさすがに慣《な》れた」

五十嵐先《いがらしせん》パイ、ただただクールな性格《せいかく》なのかと思《おも》ってた。

そんな事情《じじょう》があったなんて。

「そういう性格《せいかく》だから、ナガレって押《お》しつけるの苦手《にがて》なんだよ。面倒見《めんどうみ》はいいから相手《あいて》にやる気《き》があれば世話《せわ》も焼《や》くけど、相手《あいて》にその気《き》がないとたんに距離《きょり》おくの」

「ヒビキくん、五十嵐先《いがらしせん》パイのこと、すごくよくわかってるんだね」

五十嵐先《いがらしせん》パイのこと、ちょっとはわかったつもりになってたけど、全然《ぜんぜん》そんなことなかった。知《し》らないことだらけだ。

「もともと親同士《おやどうし》がつきあいあるから知《し》ってるだけ」

ヒビキくんはその丸《まる》い目《め》であたしをじっと見《み》てくる。

「だからおどろいた」

「何《なに》に？」

「ナガレがおれをひきとめるようなこと言《い》うなんて、絶対《ぜったい》ありえないって思《おも》ってたから。そういうこと言《い》わせたの、結構《けっこう》すごいと思《おも》う」

ヒビキくんはヘンなウソは言《い》わない。「すごい」って言葉《ことば》をあたしは素直《すなお》に受《う》けとった。

先《せん》パイがクールな顔《かお》の下《した》にしまってきた色《いろ》んな感情《かんじょう》を、もっと知《し》れたらいいのに。


話《はな》していたらいつの間《ま》にか空《そら》が暗《くら》くなりかけてて、ヒビキくんと一緒《いっしょ》に公園《こうえん》をでた。こういう風《ふう》にヒビキくんとならんで歩《ある》くの、すごく久《ひさ》しぶりって感《かん》じがする。

「ヒナのせいでハラ減《へ》った」

重《おも》たい通学《つうがく》バッグを背負《せお》って文句《もんく》を言《い》うヒビキくんに、あたしはいいものを思《おも》いだした。

アサギ先《せん》パイにもらったおせんべいをとりだして、ヒビキくんにさしだす。

「ざらめとネギみそ、どっちがいい？」

「甘《あま》いほうがいい。脳《のう》には糖分《とうぶん》が必要《ひつよう》なんだ」

ざらめのおせんべいをあげると、ヒビキくんはすぐに袋《ふくろ》をやぶってかじりつく。

「これ、もしかしてナガレの誕生日《たんじょうび》にあげてた店《みせ》のせんべい？」

「そう。おいしいでしょ。アサギ先《せん》パイのおじいちゃんのお店《みせ》のなんだよ」

おせんべいを半分《はんぶん》くわえたまま、ヒビキくんはたちまちビミョーな顔《かお》になる。

「この間《あいだ》のこと、あやまったほうがいいと思《おも》う」

それだけですぐになんのことか伝《つた》わったみたいだった。

「……わかってる」

ボソッとつぶやき、ヒビキくんはざらめのおせんべいの残《のこ》りを食《た》べきった。

あたしはネギみそせんべいの袋《ふくろ》をあけながら聞《き》く。

「なんであんな風《ふう》にアサギ先《せん》パイにつっかかるの？」

アサギ先《せん》パイ、ふわふわしててときどきすごく適当《てきとう》だけど、基本的《きほんてき》には明《あか》るくていい人《ひと》だ。頼《たよ》りにもなるし、ヒビキくんみたいにつっかかる理由《りゆう》がわからない。

ヒビキくんは唇《くちびる》をとがらせてだまってたけど、やがて小《ちい》さな声《こえ》でこたえた。

「……ずっと休《やす》んでたくせに、色々《いろいろ》できるからムカつく」

想像《そうぞう》もしていなかったこたえだった。

もしかしてそれ、ライバル心《しん》？

「男心《おとこごころ》ってわからない……」

「なんだよそれ」

「あたしのときなんてちっとも認《みと》めてくれなかったのに。アサギ先《せん》パイのことはムカつくけど認《みと》めてるってことでしょ、それ」

「そ、そういうわけじゃねーし！」

ヒビキくんはおちつきなくヘッドフォンをいじる。

「そ、それにヒナのことは今《いま》は認《みと》めてるっていうか……」

「でもアサギ先《せん》パイ、見《み》えないところで勉強《べんきょう》したり練習《れんしゅう》したりしてるみたいだよ。がんばってるから色々《いろいろ》できるんだよ」

ヒビキくんはヘッドフォンをいじる手《て》をとめると立《た》ちどまった。あたしは数歩先《すうほさき》に行《い》ってからそれに気《き》づいてふりかえる。

「どうしたの？」

「おれ、ここで道曲《みちま》がる」

気《き》がつけば十字路《じゅうじろ》にさしかかっていた。

「おまえ、ここから家近《いえちか》いの？」

「うん。一、二分《ふん》でつくよ」

「ならいいけど。とろとろしないでさっさと帰《かえ》れよ」

どうやら「気《き》をつけて帰《かえ》れ」って意味《いみ》らしい。先《さき》に歩《ある》きはじめたヒビキくんの背中《せなか》に声《こえ》をかける。

「勉強会《べんきょうかい》、先《せん》パイたちに来週《らいしゅう》の予定《よてい》聞《き》いておくから！」

ヒビキくんは少《すこ》し先《さき》へ行《い》ってから頭《あたま》だけでこっちをふりかえる。

「わかった！」

あたしは大《おお》きく手《て》をふったけど、ヒビキくんは小《ちい》さく手《て》をあげただけでそそくさと行《い》ってしまう。

あたしもヒビキくんに背《せ》をむけて、家《いえ》へといそいだ。

7 テスト勉強《べんきょう》

週《しゅう》が明《あ》けて六月《がつ》も最後《さいご》の週《しゅう》に突入《とつにゅう》し、期末《きまつ》テスト前《まえ》の部活動停止期間《ぶかつどうていしきかん》になった。

教室《きょうしつ》の空気《くうき》もいかにもテスト前《まえ》って感《かん》じでひきしまって、休《やす》み時間《じかん》に教科書《きょうかしょ》をひらいていたり、問題《もんだい》をだしあってる子《こ》たちがいたりする。

そんななか、あたしには楽《たの》しみな予定《よてい》があった。

ヒビキくんの事情《じじょう》を先《せん》パイたちに話《はな》したところ、今日《きょう》から三日間《みっかかん》、放課後《ほうかご》は放送部《ほうそうぶ》のみんなで街《まち》の図書館《としょかん》で勉強会《べんきょうかい》をすることになったのだ。

四人全員《よにんぜんいん》が集《あつ》まるのは久《ひさ》しぶりだし、五十嵐先《いがらしせん》パイとも勉強《べんきょう》できるし、もう楽《たの》しみでしょーがない。

こうしてテスト前《まえ》だっていうのにウキウキしていた昼休《ひるやす》み、日直《にっちょく》の仕事《しごと》で用《よう》があり、職《しょく》員室《いんしつ》から教室《きょうしつ》にもどる途中《とちゅう》、階段《かいだん》の踊《おど》り場《ば》で五十嵐先《いがらしせん》パイとはちあわせした。

「こんにちは!」

あいさつすると、先《せん》パイは「こんにちは」とかえしてくれた。先《せん》パイも一人《ひとり》だったし、なんとなくその場《ば》で足《あし》をとめる。ちょうどよかった。

「あたし、五十嵐《いがらし》先《せん》パイに聞《き》きたいことあったんです」

今朝《けさ》、昇降口《しょうこうぐち》でアサギ先《せん》パイにばったり会《あ》ったときのことを話《はな》した。

「アサギ先《せん》パイ、あんまり図書館《としょかん》に行《い》かないから場所《ばしょ》がうろ覚《おぼ》えらしいんです。だから放《ほう》課後《かご》、みんなで待《ま》ちあわせして行《い》きたいって」

そう説明《せつめい》すると、「ヒビキも一緒《いっしょ》?」って聞《き》かれた。

「ヒビキくんは委員会《いいんかい》の用事《ようじ》で遅《おく》れそうだから、先《さき》に行《い》っててって言《い》ってました」

「そう……」

五十嵐《いがらし》先《せん》パイは少《すこ》し考《かんが》えるような顔《かお》になってから、「ごめん」と言《い》った。

「ぼくも遅《おく》れるかもしれないから、二人《ふたり》で先《さき》に行《い》っててもらえるかな」

「あ……はい、わかりました」

そこであたしたちは別《わか》れ、先《せん》パイは階段《かいだん》をおり、あたしは階段《かいだん》をのぼった。

先週《せんしゅう》の部活帰《ぶかつがえ》りと同《おな》じだ。また先《さき》に行《い》っててって言《い》われた。

階段《かいだん》をのぼる足《あし》がとまる。

もしかして、五十嵐《いがらし》先《せん》パイに避《さ》けられてる？

なんて思《おも》いかけて、まさかって打《う》ち消《け》した。

気《き》にしすぎ、きっと気《き》のせい。先《せん》パイは本当《ほんとう》に用事《ようじ》があるんだろう。

それに図書館《としょかん》でどうせ会《あ》えるんだし、って思《おも》いなおして、あたしはウキウキ気分《きぶん》をムリやり思《おも》いだした。


そうしてむかえた放課後《ほうかご》、あたしは約束《やくそく》どおりアサギ先《せん》パイと昇降口《しょうこうぐち》で待《ま》ちあわせて一緒《いっしょ》に図書館《としょかん》へむかった。

部活《ぶかつ》はどこも活動停止中《かつどうていしちゅう》。帰《かえ》り道《みち》は坂月中《さかつきちゅう》の生徒《せいと》であふれてて、自然《しぜん》と歩《あゆ》みは遅《おそ》くなる。

「おれ、去年《きょねん》の春《はる》にこっちに引《ひ》っ越《こ》してきたんだ」

アサギ先《せん》パイはもともと県外《けんがい》に住《す》んでいて、中学入学《ちゅうがくにゅうがく》のタイミングでおじいさんの住《す》んでいるこの街《まち》に一家《いっか》で越《こ》してきたのだと話《はな》してくれた。

「だから街《まち》のこと、じつは知《し》らないこと多《おお》いんだよね。図書館《としょかん》も一回《いっかい》くらいは行《い》ったことあるんだけど。ヒナちゃんは引《ひ》っ越《こ》したことない？」

「ないです。生《う》まれも育《そだ》ちもこの街《まち》です」

「じゃ、そのうちヒナちゃんに街《まち》の案内《あんない》でもしてもらおっかなー」

中学校《ちゅうがっこう》から図書館《としょかん》までは十分《ぷん》くらいある。ならんで歩《ある》いていくうちにこの間《あいだ》の中間《ちゅうかん》テストの話題《わだい》になって、あたしは回答欄《かいとうらん》がズレまくってしまったことを話《はな》す。

「ヒビキくんに『この順位《じゅんい》でなんで普通《ふつう》に生《い》きてられんだよ』って言《い》われました」

笑《わら》い話《ばなし》のつもりじゃなかったのに、アサギ先《せん》パイは声《こえ》をだして笑《わら》った。

「笑《わら》いごとじゃないですよ」

ずっとかくしていた順位表《じゅんいひょう》が最近《さいきん》になってお母《かあ》さんに見《み》つかっちゃって、おかげで夏休《なつやす》みは塾《じゅく》の夏期講座《かきこうざ》を受講《じゅこう》することになってしまった。

期末《きまつ》テストまで残念《ざんねん》な結果《けっか》だったら、受講《じゅこう》する講座《こうざ》の数《かず》を増《ふ》やされるかもしれない。

「ヒナちゃん、テストで緊張《きんちょう》するタイプなんだ。お昼《ひる》の放送《ほうそう》のときはそうでもなさそうなのに」

「そんなことないですよ。お昼《ひる》の放送《ほうそう》のときは、しゃべる前《まえ》におちつく呪文《じゅもん》を心《こころ》のなかでとなえてるんです」

マイクの前《まえ》に座《すわ》ったら、あたしはかならず五十嵐《いがらし》先《せん》パイが教《おし》えてくれた「ゆっくり、おちついて、深呼吸《しんこきゅう》して、背《せ》すじをのばして」を思《おも》いだす。

それだけで、ガチガチするくらいの緊張《きんちょう》がふんわりほぐれて気持《きも》ちがひきしまる。

「じゃあ、テストの前《まえ》にもその呪文《じゅもん》、使《つか》ってみれば？」

アサギ先《せん》パイのアドバイスに目《め》をまたたいた。

「放送《ほうそう》だけじゃなくて、緊張《きんちょう》しちゃうときには使《つか》ったらいいんじゃない？」

マイクの前《まえ》以外《いがい》でもあの呪文《じゅもん》を使《つか》う、なんて考《かんが》えてもみなかった。たしかによさそう。

「今度《こんど》の期末《きまつ》テストでやってみます」

図書館《としょかん》に到着《とうちゃく》してグループで使《つか》える自習《じしゅう》スペースにむかい、あいていた机《つくえ》をアサギ先《せん》パイと陣《じん》どった。

そうして少《すこ》しして、ヒビキくんと五十嵐《いがらし》先《せん》パイが一緒《いっしょ》にあらわれた。

五十嵐《いがらし》先《せん》パイはアサギ先《せん》パイのとなりの席《せき》についた。一方《いっぽう》のヒビキくんは机《つくえ》のそばに立《た》ち、片手《かたて》でヘッドフォンにさわりつつアサギ先《せん》パイをじっと見《み》る。

「……何《なに》？」

アサギ先《せん》パイが少《すこ》し身《み》がまえたように聞《き》くと、ヒビキくんは頭《あたま》をさげた。

「この間《あいだ》は、ごめん。言《い》いすぎた」

アサギ先《せん》パイは頭《あたま》をさげたままのヒビキくんをだまって見《み》ていた。

ヒビキくんが体《からだ》のわきで両手《りょうて》をぎゅっとにぎる。長《なが》すぎる沈黙《ちんもく》に、あたしまでドキドキしてきて息《いき》を呑《の》む。

——すると。

アサギ先《せん》パイが手《て》をのばし、ヒビキくんの頭《あたま》をくしゃっとした。

「何《なに》すんだよ！」

ヒビキくんが一歩《いっぽ》ひこうとしても、アサギ先《せん》パイは顔中《かおじゅう》で笑《わら》ってしつこく頭《あたま》をぐしゃぐしゃする。

「いやー、なんかカワイイなーって」

ヒビキくんは「カワイイ」って言《い》われるのがキラいだ。笑顔《えがお》でヒビキくんの地雷《じらい》を踏《ふ》ん

鶴谷

づけたアサギ先《せん》パイにあたしはハラハラし、ヒビキくんは予想《よそう》どおり顔《かお》を赤《あか》くした。

「ふざけんな！」

ヒビキくんの声《こえ》が自習室《じしゅうしつ》にひびき、ほかの利用者《りようしゃ》から白《しろ》い目《め》をむけられてしまった。ヒビキくんはぷりぷりしたままあたしのとなりの席《せき》について、アサギ先《せん》パイをにらみつける。

「……今度《こんど》『カワイイ』って言《い》ったらぶちのめす」

「おれ、たぶん負《ま》けないけどね。まぁいいじゃん、カワイイ後輩《こうはい》なんだから」

ヒビキくんはむくれてたけど、でもそれはギスギスした空気《くうき》じゃなかった。

ようやく前《まえ》みたいな放送部《ほうそうぶ》の空気《くうき》がもどってきてよかった。

ホッとしたところであたしたちは勉強《べんきょう》をはじめることにした。

アサギ先《せん》パイが正面《しょうめん》に座《すわ》ったヒビキくんの問題集《もんだいしゅう》をのぞきこむ。

「わかんないとこあったら聞《き》けよ。先《せん》パイが教《おし》えてやるからさ」

「先《せん》パイヅラすんなよ。そもそも勉強《べんきょう》できんの？」

疑《うたが》いの目《め》をむけるヒビキくんに、アサギ先《せん》パイはなんだか余裕《よゆう》の笑《え》みだ。

そのとき、横《よこ》から五十嵐《いがらし》先《せん》パイが説明《せつめい》してくれた。

「ヒナさんは知《し》ってるだろうけど、アサギ、テストはいつも学年《がくねん》で三位《い》には入《はい》ってるよ」

ヒビキくんが目《め》を丸《まる》くした。

「こいつが？」

「ヒビキって、基本的《きほんてき》におれへの評価《ひょうか》めっちゃ低《ひく》いよねー」

そう口《くち》ではなげいてみせるものの、アサギ先《せん》パイの声《こえ》は明《あか》るくて楽《たの》しげだ。

ヒビキくんは「普段《ふだん》の行《おこな》いのせいだろ」なんて口《くち》では言《い》いつつも、さっそく問題集《もんだいしゅう》をだしてアサギ先《せん》パイに見《み》せている。

それにしても、あたしより勉強《べんきょう》できるだろうなとは思《おも》っていたけど、アサギ先《せん》パイがそんなにも勉強《べんきょう》ができるとは。

五十嵐先《いがらしせん》パイも勉強《べんきょう》できそうだし、このままだとあたしは「放送部《ほうそうぶ》のおバカキャラ」まっしぐら？

急《きゅう》にあせりがでてきた。次《つぎ》の期末《きまつ》テストこそどうにかしなきゃ。

みんなそれぞれの問題集《もんだいしゅう》やノートに集中《しゅうちゅう》しはじめて、机《つくえ》は静《しず》かになる。

……そういえば。

シャーペンのウサギのかざりをゆらゆらさせながら、あたしはチラと五十嵐先《いがらしせん》パイをのぞき見《み》る。

五十嵐先《いがらしせん》パイは、どうして「ヒナさんは知《し》ってるだろうけど」なんて言《い》ったんだろう？

みんなで勉強《べんきょう》するのは、あたしにとっても効果《こうか》ばつぐんだった。

五十嵐先《いがらしせん》パイと同《おな》じ机《つくえ》で勉強《べんきょう》してるって思《おも》ったらサボったりできない。それだけですごく集中《しゅうちゅう》できる。

この調子《ちょうし》で勉強《べんきょう》できれば期末《きまつ》テストもなんとかなるかも、なんて。

外《そと》が暗《くら》くなってきたので、その日《ひ》の勉強会《べんきょうかい》はおしまいにし、みんなで図書館《としょかん》をでた。

アサギ先《せん》パイは今日《きょう》は商店街《しょうてんがい》の鶴谷堂《つるたにどう》には行《い》かないそうで、帰《かえ》り道《みち》はあたしの家《いえ》と同《おな》じ方面《ほうめん》だ。五十嵐先《いがらしせん》パイとヒビキくんとは、ヒビキくんとこの前別《まえわか》れた十字路《じゅうじろ》まで一緒《いっしょ》だと思《おも》っていたのに。

「こっちから帰《かえ》ろう」

そのだいぶ手前《てまえ》で、五十嵐先《いがらしせん》パイが左《ひだり》に曲《ま》がる道《みち》をヒビキくんに指《ゆび》さした。

「そっち？　曲《ま》がるのもっと先《さき》でよくない？」

「こっちがいいかなって」

五十嵐《いがらし》先《せん》パイはゆずらない。ヒビキくんも強《つよ》く反対《はんたい》する理由《りゆう》がないらしく、その場《ば》であたしたちは別《わか》れた。

「五十嵐《いがらし》とヒビキって家近《いえちか》いんだっけ」

「ですね。幼《おさな》なじみだし……」

そのあとアサギ先《せん》パイが何《なに》か話《はな》しかけてきたけど、少《すこ》しも頭《あたま》に入《はい》ってこなかった。

やっぱりおかしい、気《き》がする。

「ヒナちゃん？」

考《かん》えこんでたらアサギ先《せん》パイがあたしの顔《かお》の前《まえ》で手《て》をふっていた。

「どうかした？」

「あたし、何《なに》かしましたか？」

アサギ先《せん》パイはきょとっとしてから、「さぁ」とこたえた。

8 ウワサのふたり

あたしの気《き》にしすぎだよね、って思《おも》いこもうとがんばったけど、次《つぎ》の日《ひ》の放課後《ほうかご》の勉強《べんきょう》会《かい》でも五十嵐先《いがらしせん》パイはなんとなくヘンだった。

その日《ひ》は学校《がっこう》から図書館《としょかん》までみんなで一緒《いっしょ》に行《い》くことになったけど、五十嵐先《いがらしせん》パイとはほとんど話《はな》せなかった。

勉強中《べんきょうちゅう》もちょっとしたタイミングで雑談《ざつだん》したり休憩《きゅうけい》したりすることがあったけど、そのときも微妙《びみょう》に距離《きょり》を感《かん》じた。

五十嵐先《いがらしせん》パイにかぎってそんなわけないって思《おも》うけど、やっぱり思《おも》ってしまう。

避《さ》けられてる気《き》がする。

おかげで後半《こうはん》はまったく勉強《べんきょう》に集中《しゅうちゅう》できなくて、しまいには手《て》のなかでくるくるまわしてたシャーペンがふっ飛《と》んだ。

「何《なに》やってんだよ」

ヒビキくんにあきれられ、「ごめん」と立《た》ちあがったところでよろけたあたしは、あろうことか飛《と》ばしたシャーペンを思《おも》いっきり踏《ふ》んづけてしまった。

パキッと小《ちい》さな音《おと》がして、ウサギのかざりがついたお気《き》に入《い》りのシャーペンが折《お》れてしまう。

泣《な》きっ面《つら》にハチ、っていう言葉《ことば》を思《おも》いだす。きっとこういうときに使《つか》うんだろーな。

☆

そして翌日《よくじつ》。放課後《ほうかご》の勉強会《べんきょうかい》はこの日《ひ》が最後《さいご》。

図書館《としょかん》についてしばらくしてから、あたしは思《おも》いきって声《こえ》をかけた。

「い、五十嵐先《いがらしせん》パイ！」

むかいの席《せき》に座《すわ》った五十嵐先《いがらしせん》パイが顔《かお》をあげてくれて、ひとまずホッとする。

「この問題《もんだい》、見《み》てもらえませんか？」

わかりにくいなって思《おも》ってた数学《すうがく》の問題《もんだい》を先《せん》パイに見《み》せた。

五十嵐《いがらし》先《せん》パイに避《さ》けられてる気《き》がしてしょうがなくて、おかげであたしの態度《たいど》までヘンになってる自覚《じかく》があった。

これじゃダメだって思《おも》ってたし、それに何《なに》より少《すこ》しでも先《せん》パイと話《はな》したい。

先《せん》パイは問題《もんだい》を見《み》て、チラッとあたしを見《み》て、また問題《もんだい》に目《め》をもどして。

ほんのちょっとだけ表情《ひょうじょう》を変《か》えた。

いつもクールな先《せん》パイだからそんなに表情《ひょうじょう》が変《か》わるわけじゃないけど、それでもこの数《すう》か月間《げっかん》、ずっと先《せん》パイを見《み》てきたあたしにはわかる。

今《いま》、先《せん》パイ、心《こころ》のなかですごくこまってる。

「……や、やっぱりいいです！」

あたしは問題集《もんだいしゅう》をひっこめようとしたけど、横《よこ》からアサギ先《せん》パイとヒビキくんが教《おし》えてくれて数学《すうがく》の問題《もんだい》はとけた。

だけど。

あたしのなかの問題《もんだい》はさらに大《おお》きくなって、受《う》けたダメージは深刻《しんこく》だった。

藍内
教育社　中学数学　完全準拠
中学数学
基礎問題
ステップアップ!
五十嵐

避《さ》けられてるうえに、こまらせてしまった。

もうどうしたらいいかわからない。

その日《ひ》、五十嵐先《いがらしせん》パイは家《いえ》の用事《ようじ》があって一人先《ひとりさき》に帰《かえ》っていった。前《まえ》から用事《ようじ》があるって聞《き》いてたけど、もはやそれすらあたしを避《さ》けるための言《い》いわけにしか思《おも》えない。

五十嵐先《いがらしせん》パイが自習室《じしゅうしつ》からいなくなった瞬間《しゅんかん》、耐《た》えられなくなったあたしは机《つくえ》につっぷした。

「──なんなんだよ、おまえは」

ヒビキくんにペンでつつかれたけど、やりかえす気《き》にもなれない。

「もうあたしダメだ……」

「あの順位《じゅんい》で普通《ふつう》に生《い》きてたほうがおかしかったんだ。勉強《べんきょう》するしかないだろ」

「順位《じゅんい》なんかどうでもいいの！」

「あの順位《じゅんい》でどうでもいいとかおかしいだろ！」

顔《かお》をあげると、アサギ先《せん》パイはどこかへ行《い》ってしまったのかヒビキくんしかいない。あたしが五十嵐先《いがらしせん》パイを好《す》きなことを知《し》ってるヒビキくんに、ここ数日《すうじつ》の話《はなし》をボソボソした。

「ナガレに避《さ》けられてる？　なんで？」

「わからないからおちこんでるの！」

辞《じ》書《しょ》をかえしにでも行《い》っていたらしい、アサギ先《せん》パイがもどってきた。こそこそ話《はな》しているあたしたちに「どうかした？」と明《あか》るく聞《き》きながら席《せき》につく。

すると、ヒビキくんが唐《とう》突《とつ》に切《き》りだした。

「聞《き》こうと思《おも》ってたんだけどさ」

ヒビキくんは、アサギ先《せん》パイとあたしをなぜかじっくり見《み》比《くら》べた。そして――

「ヒナとアサギってつきあってるの？」

そろって目《め》を丸《まる》くしてるあたしとアサギ先《せん》パイに、ヒビキくんは教《おし》えてくれた。

「ちょっと前《まえ》からウワサになってるみたいだぞ。おれが知《し》ったのは昨《き》日《のう》だけど」

「ちっ……ちがうし！　なんでそんな――」

声《こえ》をあげたあたしをとめると、ヒビキくんは立《た》ちあがってあたしを自《じ》習《しゅう》室《しつ》の外《そと》へつれだした。

「おまえ、声《こえ》でかいんだよ」

「だってちがうし！　なんでそんな話《はなし》になってるのかわからな……」

あ、と思《おも》いだした。

もしかして、体育祭実行委員長《たいいくさいじっこういいんちょう》の島崎先《しまざきせん》パイ!?

あたしたちに遅《おく》れて自習室《じしゅうしつ》の外《そと》にでてきたアサギ先《せん》パイに全力《ぜんりょく》で抗議《こうぎ》する。

「アサギ先《せん》パイがテキトーなこと言《い》うからじゃないですかーっ！」

アサギ先《せん》パイが、島崎先《しまざきせん》パイの告白《こくはく》を断《ことわ》るためにあたしとつきあってるなんてテキトーなことを言《い》った、という話《はなし》をヒビキくんに教《おし》えた。

「サイテー」

あたしに怒《おこ》られ、ヒビキくんに白《しろ》い目《め》で見《み》られたアサギ先《せん》パイは「ごめん！」って両手《りょうて》をあわせたものの、すぐに笑《え》みをとりもどす。

「あ、じゃあいっそホントにつきあう？」

「そういう冗談《じょうだん》いらないです！」

アサギ先《せん》パイはあいかわらずへらっとしてて、何《なに》を言《い》ってもムダだと悟《さと》ったあたしは一人《ひとり》で頭《あたま》を抱《かか》えた。

「じつはウワサのこと、昨日《きのう》の帰《かえ》りにナガレに聞《き》いたんだよね」

ヒビキくんの言葉《ことば》に固《かた》まった。

「『二人《ふたり》がいるときは気《き》をつかったほうがいいのかな』って聞《き》かれた。ナガレの態度《たいど》がヘンだっていうの、そのせいじゃね？」

混乱《こんらん》していた頭《あたま》から一気《いっき》に血《ち》の気《け》がひいて青《あお》くなる。

避《さ》けられてるように思《おも》ったの、そういえば全部《ぜんぶ》、アサギ先《せん》パイがいるときだったかも。

じゃあつまり、あれは避《さ》けられてたんじゃなくて、二人《ふたり》のジャマしちゃいけないよね、みたいな五十嵐《いがらし》先《せん》パイの気《き》づかいだったたってこと……？

へたりこみそうになってよろよろして、近《ちか》くの壁《かべ》に手《て》をついた。

頭《あたま》まっ白《しろ》になってるあたしに、アサギ先《せん》パイも事態《じたい》の深刻《しんこく》さに気《き》づいたらしい。

「おれもちゃんと誤解《ごかい》といとくから！」

けど、ショックな理由《りゆう》は五十嵐《いがらし》先《せん》パイに誤解《ごかい》されてることだけじゃなかった。

だって、誤解《ごかい》して、あたしたちに気《き》をつかってたってことは。

あたしとアサギ先《せん》パイがつきあってるってウワサを知《し》ってても、五十嵐先《いがらしせん》パイはなんにも思《おも》わなかったってことじゃない？

それってつまり、あたしなんて最初《さいしょ》から、五十嵐先《いがらしせん》パイにとってはその程度《ていど》の存在《そんざい》でしかなかったってことじゃない？

……べつに、うぬぼれてたわけじゃない。

五十嵐先《いがらしせん》パイに好《す》きになってもらえてる、なんて思《おも》ってたわけじゃない。

でも、お昼《ひる》の放送《ほうそう》が再開《さいかい》して、ちょっとはできるような気《き》になって、五十嵐先《いがらしせん》パイに少《すこ》しは頼《たよ》ってもらえるようになったって、少《すこ》しは認《みと》めてもらえてるって浮《う》かれてた。

そんなんじゃ全然《ぜんぜん》とどかないのに。

「おい、ヒナ？」

肩《かた》をたたかれて顔《かお》をあげると、ヒビキくんが心配《しんぱい》そうにこっちを見《み》てる。

「そんなにおちこむことないだろ、ただのウワサなんだし」

ただのウワサ。だけど、五十嵐先《いがらしせん》パイはそれを信《しん》じちゃったのだ。

あたしなんか、全然《ぜんぜん》見《み》てもらえてない。

「……もう帰《かえ》る」

二人《ふたり》に背《せ》をむけて自習室《じしゅうしつ》にもどり、荷物《にもつ》をまとめているとアサギ先《せん》パイが追《お》いかけてきた。

「誤解《ごかい》はといておくから。ホントにごめんね」

今度《こんど》は心《こころ》からあやまってくれてるのがわかったけど、頭《あたま》のなかがぐちゃぐちゃで目《め》の前《まえ》のことも周《まわ》りのこともちゃんと見《み》られなくて、言葉《ことば》が勝手《かって》に口《くち》から飛《と》びだしてしまう。

「もう余計《よけい》なことしないでください！」

自習室《じしゅうしつ》に声《こえ》がひびいちゃって、逃《に》げるように外《そと》にでた。ヒビキくんに何《なに》か声《こえ》をかけられたけど、それも無視《むし》して図書館《としょかん》の外《そと》にかけでてく。

外《そと》は空気《くうき》が重《おも》たくて、今《いま》にも雨《あめ》がふりだしそうだった。体中《からだじゅう》がカッカしてて、たちまちうっすら汗《あせ》ばんでく。

悲《かな》しい。

くやしい。

それに何《なに》より情《なさ》けない。

調子《ちょうし》に乗《の》ってた自分《じぶん》がはずかしい。

体中《からだじゅう》からあふれでる感情《かんじょう》をまき散《ち》らしながら、通学《つうがく》バッグを抱《かか》えて走《はし》ってく。

先《せん》パイにちゃんと知《し》ってもらいたい。

先《せん》パイが考《かんが》えてることをあたしが知《し》りたいのと同《おな》じくらい、あたしが考《かんが》えてることも知《し》ってほしい。


カラまわってばかりはもうイヤだ。

五十嵐《いがらし》先《せん》パイに見《み》てもらえるようになりたい。

十字路《じゅうじろ》にさしかかって足《あし》をとめた。走《はし》り去《さ》ってく車《くるま》を見送《みおく》って、大《おお》きく息《いき》を吸《す》ってはく。

わきあがった熱《ねつ》はまだひかない。

先《せん》パイに見《み》てもらうために、あたしはどうしたらいいんだろう。

9 なりたいあたし

七月《がつ》になって、三日間《みっかかん》の期末《きまつ》テストがはじまった。

中間《ちゅうかん》テストのときみたいな失敗《しっぱい》は、もう、絶対《ぜったい》、二度《にど》としない。

ゆっくり、おちついて、深呼吸《しんこきゅう》して、背《せ》すじをのばして。答案用紙《とうあんようし》に名前《なまえ》をしっかり書《か》いて、回答欄《かいとうらん》と問題番号《もんだいばんごう》を何度《なんど》も確認《かくにん》する。

そうしてテスト三日目《みっかめ》の午後《ごご》、チャイムが鳴《な》って数学《すうがく》の答案用紙《とうあんようし》が回収《かいしゅう》された直後《ちょくご》、あたしは糸《いと》が切《き》れたあやつり人形《にんぎょう》みたいにバタンと机《つくえ》の上《うえ》に倒《たお》れた。

「――ヒナ。おーい、ヒナってば」

ほっぺたを机《つくえ》にくっつけたまま放心《ほうしん》してると、机《つくえ》の横《よこ》に知花《ちか》がしゃがんでた。

「大丈夫《だいじょうぶ》?」

もはや何《なに》が大丈夫《だいじょうぶ》なのかもわからない状態《じょうたい》だったけど、「たぶん」ってこたえておく。

ここ数日《すうじつ》、時間《じかん》が許《ゆる》すかぎり部屋《へや》にこもって勉強《べんきょう》してて、睡眠時間《すいみんじかん》もいつもの半分《はんぶん》くらいだったからすっかりへばってる。

「勉強《べんきょう》ができるようになりたい……」

ボソッとつぶやいたあたしに、知花《ちか》が大《おお》げさなくらいおどろいた顔《かお》をする。

「どしたの急《きゅう》に？　まじめキャラに方向転換《ほうこうてんかん》？」

「そうじゃないけど」

「ヒナ、勉強《べんきょう》はしてるほうじゃん。名前《なまえ》の書《か》き忘《わす》れとかケアレスミスが多《おお》いだけでさ！」

知花《ちか》のなぐさめがまた心《こころ》に刺《さ》さる。

「そのへっぽこをどうにかしたいの！」

「えー、それがヒナのいいとこなのにー」

乱《みだ》れた前髪《まえがみ》を手《て》で整《ととの》えながら顔《かお》をあげて、あたしは知花《ちか》に聞《き》いた。

「知花《ちか》さ、あたしとアサギ先《せん》パイがウワサになってるの、知《し》ってたんでしょ」

知花《ちか》はちょっと気《き》まずそうな顔《かお》になって、「あー、うん」と認《みと》めた。情報通《じょうほうつう》の知花《ちか》が知《し》らないわけがなかったのだ。

ちょっと前《まえ》に「ヒナが好《す》きなの、五十嵐先《いがらしせん》パイなんだよね？」って確認《かくにん》されたのも、ウワサのことをたしかめるためだったんじゃないかって思《おも》いあたる。

「ヒナのことだから気《き》にしちゃいそうだなって思《おも》って。だまっててごめんね。――もしかして、そのことでおちこんでるの？」

そうとも言《い》えるしそうじゃないとも言《い》えるしで、あたしは結局首《けっきょくくび》を横《よこ》にふる。

「ならいいけど……。ウワサなんてしょせんウワサだし、気《き》にしないほうがいいよ。あたしはヒナのことわかってるし！」

その言葉《ことば》は素直《すなお》にうれしくて、でもだからこそずんとくる。知花《ちか》が知《し》ってくれてるあたしのこと、五十嵐先《いがらしせん》パイはなんにも知《し》らないんだよね、なんて。

景山先生《かげやませんせい》がもどってきてホームルームがおわったら、放課後《ほうかご》は一週間《いっしゅうかん》ぶりの部活《ぶかつ》だ。体育祭《たいいくさい》の準備《じゅんび》も大《おお》ヅメだし、気合《きあ》いを入《い》れなきゃなのに。

いまいちテンションがあがらなくてぼんやりしてると、「はい！」と知花《ちか》が花柄《はながら》の包装紙《ほうそうし》にくるまれた何《なに》かをあたしの目《め》の前《まえ》にさしだした。

「誕生日《たんじょうび》おめでとう！」

突然《とつぜん》のことに目《め》をぱちくりさせて、「あ……ありがとう」って受《う》けとった。

先週《せんしゅう》の土曜日《どようび》、あたしは十三歳《さい》になった。

けど、勉強《べんきょう》でそれどころじゃなかったし、お母《かあ》さんが用意《ようい》してくれたケーキも勉強《べんきょう》の合間《あいま》にいそいで食《た》べたから味《あじ》もよくわからなかった。

せっかくのプレゼントなのに疲《つか》れてるせいかうまく反応《はんのう》できなくて、申《もう》しわけなさをごまかすみたいに「見《み》てもいい？」って聞《き》いて包《つつ》みをあける。

「わ、かわいい！」

明《あか》るい黄緑色《きみどりいろ》のポーチだった。野原《のはら》をかけまわる小《ちい》さなウサギの柄《がら》だ。

「ヒナ、このウサギのキャラのシャーペン使《つか》ってたでしょ？」

必死《ひっし》にあげようとしてたテンションがまたさがった。お気《き》に入《い》りのシャーペンはうっかり踏《ふ》んで壊《こわ》しちゃった、とは言《い》いにくい。

ちょうどいい代《か》わりのシャーペンがなくて、お母《かあ》さんが町内会《ちょうないかい》でもらってきた、なんのかざりもない黒《くろ》くて地味《じみ》なシャーペンを今《いま》は使《つか》ってる。

こんなあたしが十三歳《さい》かぁって思《おも》わずにはいられない、けど。

「ありがとね、知花《ちか》」

テストでへばってる場合《ばあい》じゃない、今週末《こんしゅうまつ》には体育祭《たいいくさい》があるんだから。

今日《きょう》から体育祭《たいいくさい》までの三日間《みっかかん》は毎日《まいにち》、放送部《ほうそうぶ》で活動《かつどう》する予定《よてい》だ。がんばらなきゃ、って自分《じぶん》をはげまして顔《かお》をあげた。


帰《かえ》りのホームルームのあと、いさんで体操服《たいそうふく》に着《き》がえて外《そと》にでた。朝《あさ》の天気予報《てんきよほう》では午後《ご》から雨《あめ》だって言《い》ってて、空《そら》は灰色《はいいろ》の雲《くも》でおおわれてるけどまだふりはじめてはいない。

軽《かる》く準備運動《じゅんびうんどう》をして、大《おお》きく息《いき》を吸《す》ってから走《はし》りだす。足《あし》が重《おも》たい。テスト疲《づか》れと睡眠《すいみん》不足《ぶそく》のせいか、慣《な》れたはずのランニングがいつもよりキツい気《き》がする。

「――ヒナちゃん！」

のろのろ走《はし》ってたら、後《うし》ろからアサギ先《せん》パイが颯爽《さっそう》とかけてくる。アサギ先《せん》パイはあっという間《ま》にあたしに追《お》いついてとなりにならぶと、いきなりあやまってきた。

「この間《あいだ》、ごめんね」

あたしが図書館《としょかん》で怒《おこ》ったこと、ずっと気《き》にしてたのかな。

アサギ先《せん》パイのせいでヘンなウワサになっちゃったのはいまだにどうかと思《おも》うけど、あたしがもやもやしてる根本的《こんぽんてき》な原因《げんいん》はアサギ先《せん》パイのせいじゃないし。

「気《き》にしてないです」

「でも——」

「なんていうか、あたしの問題《もんだい》なので」

そんなつもりはなかったのに冷《つめ》たい言《い》い方《かた》になっちゃって、とたんに気《き》まずい空気《くうき》になる。言葉《ことば》をうまくコントロールできてない。

どうしようって必死《ひっし》に考《かんが》えをめぐらせてたら、アサギ先《せん》パイが話《はな》しかけてきた。

「そういえば、実況《じっきょう》の練習《れんしゅう》はどう？」

「……いまいち、です」

テスト勉強《べんきょう》の合間《あいま》に、アサギ先《せん》パイに教《おし》えてもらった練習《れんしゅう》をやってはいたけど。

「できるようになってるのか、自分《じぶん》じゃよくわからなくて……」

「じゃ、あとで見《み》てあげるよ」

「ホントですか？　ありがとうございます！」

普通《ふつう》に話《はな》せて気《き》まずい空気《くうき》がうすくなった。いつも以上《いじょう》に走《はし》るのが遅《おそ》くなってるあたしは、「先《さき》に行《い》っててください」とアサギ先《せん》パイを見送《みおく》る。

アサギ先《せん》パイに悪《わる》いことしちゃったって反省《はんせい》して、それからたちまち不安《ふあん》になる。

放送室《ほうそうしつ》で五十嵐《いがらし》先《せん》パイに会《あ》うのがこわい。

気持《きも》ちがグラグラしてるのが自分《じぶん》でもわかる。五十嵐《いがらし》先《せん》パイにはいつだって会《あ》いたいけど、今《いま》だけは勢《いきお》いあまってヘンなことを言《い》っちゃいそうでこわい。

ようやく校舎周《こうしゃまわ》りを一周《いっしゅう》できて、あと一周《いっしゅう》、ってところで顔《かお》に何《なに》かがあたった。

雨《あめ》だ。ポツポツとふりはじめてしまった。

息《いき》があがったまま、昇降口《しょうこうぐち》近《ちか》くの校舎《こうしゃ》の軒下《のきした》に入《はい》って空《そら》を見《み》あげる。

今《いま》ならまだそんなにふってないし、このまま走《はし》っちゃったほうがいいのかな……。

「何《なに》やってんの？」

体操服姿《たいそうふくすがた》のヒビキくんがあらわれた。ちょうど校舎周《こうしゃまわ》りを一周《いっしゅう》しおえたところらしい。

「ヒビキくん、今日《きょう》から部活参加《ぶかつさんか》するの!?」

「見《み》りゃわかるだろ」

それはもちろん、わかるんだけど。

「テストの結果《けっか》、まだでてないけど大丈夫《だいじょうぶ》？」

「自己採点《じこさいてん》して問題《もんだい》なさそうだったし、前回《ぜんかい》より悪《わる》いってことはないと思《おも》うし。もしまたなんか言《い》われたら、今度《こんど》はちゃんと部活《ぶかつ》と勉強《べんきょう》の両立《りょうりつ》はできてるって説明《せつめい》する。部活《ぶかつ》の仲《なか》間《ま》と勉強《べんきょう》したからテストできたって言《い》う」

「そっか。よかったよ」

ここ数日《すうじつ》ではじめて気持《きも》ちが軽《かる》くなった。

「体育祭《たいいくさい》まであと少《すこ》しなのに、休《やす》んでらんないだろ」

話《はな》していたら雨《あめ》の勢《いきお》いが強《つよ》くなってきた。ヒビキくんがランニングの残《のこ》り一周《いっしゅう》は雨天中《うてんちゅう》止《し》だって言《い》うから、あたしも便乗《びんじょう》することにして一緒《いっしょ》に校舎《こうしゃ》にもどった。

放送室《ほうそうしつ》に行《い》って筋《きん》トレと発声練習《はっせいれんしゅう》もおえて、ようやく体育祭《たいいくさい》の準備《じゅんび》に着手《ちゃくしゅ》した。残《のこ》っている作業《さぎょう》は、作《つく》りかけのアナウンス原稿《げんこう》のしあげだ。

去年《きょねん》の原稿《げんこう》を、読《よ》みやすく聞《き》きとりやすい文章《ぶんしょう》に修正《しゅうせい》するところまではおわっていた。

けど、せっかくなら放送部《ほうそうぶ》だからこそできるアナウンスにしたい。

それに聞《き》いてもらうなら、競技《きょうぎ》の紹介《しょうかい》をするだけじゃない、かんたんなルール説明《せつめい》やうんちくを入《い》れたりして、ちょっとでも面白《おもしろ》いものにする。

そういうわけで、今日《きょう》はそのためにできることを考《かんが》えることになった。五十嵐先《いがらしせん》パイがホワイトボードに調《しら》べる項目《こうもく》を書《か》きだしていく。

「リレーの走者《そうしゃ》の名前《なまえ》とか知《し》りたいよね」と言《い》うアサギ先《せん》パイに、「体育祭実行委員《たいいくさいじっこういいん》に聞《き》けばわかると思《おも》う」と五十嵐先《いがらしせん》パイがこたえた。

「あとは、競技《きょうぎ》のルールとかうんちくとかかな」

「図書室《としょしつ》の書庫《しょこ》に過去《かこ》の体育祭《たいいくさい》の資料《しりょう》があるよ」とアサギ先《せん》パイ。

そうして話《はなし》を進《すす》めていき、体育祭実行委員《たいいくさいじっこういいん》や先生方《せんせいがた》に話《はなし》を聞《き》きに行《い》く取材班《しゅざいはん》と、資料集《しりょうあつ》めをする調査班《ちょうさはん》に別《わか》れて作業《さぎょう》することになった。

ヒビキくんがまっ先《さき》に席《せき》を立《た》ち、アサギ先《せん》パイを指《ゆび》さした。

「じゃ、おれ、こいつと一緒《いっしょ》に取材《しゅざい》行《い》ってくる」

「え、おれ？」

「人《ひと》に話《はなし》聞《き》くの得意《とくい》そうだし」

「べつにいいけど……いや待《ま》って、おれ体育祭実行委員《たいいくさいじっこういいん》はパスしたい！」

「先《せん》パイなんだからごちゃごちゃ言《い》うな」

そうしてヒビキくんにひっぱられるようにアサギ先《せん》パイはつれていかれ、放送室《ほうそうしつ》にはあたしと五十嵐先《いがらしせん》パイが残《のこ》された。

……ヒビキくん、あたしに気《き》をつかってくれたのかな。

いつもだったら「お心《こころ》づかいありがとうございます！」って床《ゆか》におでこをこすりつけたい気持《きも》ちだけど、今日《きょう》ばっかりは不安《ふあん》のほうが大《おお》きい。

いすに座《すわ》ったまま固《かた》まってたら、ホワイトボードの前《まえ》に立《た》ってた五十嵐先《いがらしせん》パイがこっちをむいた。

「じゃあ、ぼくらは図書室《としょしつ》に行《い》こう」

いつもどおりのクールだけどおだやかな口調《くちょう》で言《い》われ、あたしはあわてて立《た》ちあがる。

冷静《れいせい》に。おちつこう。大丈夫《だいじょうぶ》、図書室《としょしつ》に行《い》くだけなんだから。

ペンケースとノートを持《も》って、五十嵐先《いがらしせん》パイと一緒《いっしょ》に放送室《ほうそうしつ》をでた。

廊下《ろうか》では雨《あめ》のせいでグラウンドを使《つか》えなくなったサッカー部《ぶ》や野球部《やきゅうぶ》が筋《きん》トレをしてて、かけ声《ごえ》が反響《はんきょう》してた。何《なに》をしゃべったらいいのかわからなくてどうしようって思《おも》ってたけど、にぎやかなおかげで気《き》まずさは少《すこ》しやわらぐ。

そうして図書室《としょしつ》に到着《とうちゃく》したときだった。

あたしの一歩《いっぽ》先《さき》を歩《ある》いていた先《せん》パイが、図書室《としょしつ》のドアをあけるのかと思《おも》いきや、足《あし》をとめてふりかえる。

「ヒナさん、もしかして体調悪《たいちょうわる》い？」

顔《かお》をのぞきこまれ、ほっぺたが瞬間的《しゅんかんてき》に熱《あつ》くなったのをごまかすように声《こえ》をあげた。

「そ、そんなことないです！」

「そう？　元気《げんき》なさそうに見《み》えたから……」

ここまでまったくしゃべれなかったせいで、余計《よけい》な心配《しんぱい》をかけちゃったのかも。

「テストがおわったし、ちょっと疲《つか》れちゃっただけです！　なんでもないです！」

「顔色《かおいろ》、よくない気《き》がするけど」

なかなか納得《なっとく》してくれない先《せん》パイに、あたしはムリやり笑《わら》ってかえす。

「すっごく元気《げんき》なんで大丈夫《だいじょうぶ》です！」

そう両手《りょうて》でこぶしを作《つく》ったのがよくなかった。抱《かか》えていたペンケースとノートがバラバラと足《あし》もとにおちてしまう。

「――すみませんっ」

あたしがあわててしゃがんでひろおうとすると、先《せん》パイも手《て》をのばしてくれる。先《せん》パイがひろおうとしてくれたのに、あたしはとっさにペンケースを横《よこ》からうばいとった。

「自分《じぶん》でできるから大丈夫《だいじょうぶ》ですっ！」

気《き》づいたときには強《つよ》い口調《くちょう》でそう言《い》っちゃってて、あ、と思《おも》ったときには遅《おそ》かった。

……やっちゃった。

ノートとペンケースをひろって立《た》ちあがる。

こわくて上《うわ》ばきのつま先《さき》を見《み》つめることしかできない。重《おも》たい空気《くうき》に体《からだ》がちぢこまる。

「――ごめん」

その声《こえ》に顔《かお》をあげると、先《せん》パイは今度《こんど》こそ図書室《としょしつ》のドアをあけた。先《さき》になかに入《はい》り、カウンターにいる司書《ししょ》の先生《せんせい》のところに歩《ある》いていく。

……先《せん》パイは何《なに》も悪《わる》くないのに。心配《しんぱい》してくれただけなのに。図書室《としょしつ》の入口《いりぐち》に立《た》ち尽《つ》くしたまま動《うご》けずにいたら、少《すこ》しして「ヒナさん」と先《せん》パイが何《なに》もなかったように声《こえ》をかけてくれ、あわててそちらへむかった。

小走《こばし》りしながら、こみあげそうになるものを必死《ひっし》に飲《の》みこむ。

放送部《ほうそうぶ》で必要《ひつよう》な資料《しりょう》を集《あつ》めに来《き》たんだから。やることやらなきゃ。

司書《ししょ》の先生《せんせい》があけてくれた書庫《しょこ》に入《はい》り、余計《よけい》なことは考《かんが》えないように、体育祭《たいいくさい》のことで頭《あたま》をいっぱいにする。

こんなんだからダメなんだってわかった。

先《せん》パイに心配《しんぱい》かけてるようじゃ全然《ぜんぜん》ダメ。

ちゃんとできるってところを見《み》せなきゃ。

テストがおわって疲《つか》れてる場合《ばあい》じゃない。先《せん》パイが本棚《ほんだな》からとってくれたファイルを受《う》けとり、意識《いしき》を資料《しりょう》に集中《しゅうちゅう》させる。

体育祭《たいいくさい》では絶対《ぜったい》に失敗《しっぱい》しない。

10 いざ、体育祭《たいいくさい》！

いつもよりずっと早《はや》い時間《じかん》に目《め》がさめたその日《ひ》の朝《あさ》、二階《かい》の自分《じぶん》の部屋《へや》でカーテンをあけると、お日《ひ》さまの強《つよ》い光《ひかり》が目《め》に刺《さ》さった。

体育祭日和《たいいくさいびより》のいい天気《てんき》だ。梅雨《つゆ》はもうすっかりどこかに行《い》っちゃったみたい。

洗面所《せんめんじょ》で顔《かお》を洗《あら》い、制服《せいふく》に着《き》がえて髪《かみ》を整《ととの》えてからリビングに行《い》くと、キッチンでお母《かあ》さんがお湯《ゆ》をわかしていた。

「今日《きょう》はずいぶん早《はや》いね」

「体育祭《たいいくさい》の準備《じゅんび》があるから」

あたしは冷蔵庫《れいぞうこ》からとりだした牛乳《ぎゅうにゅう》をカップに注《そそ》ぎ、トースターに食《しょく》パンをセットした。

お母《かあ》さんがヨーグルトとサラダを用意《ようい》してくれる。食卓《しょくたく》について、いただきます。

「午後《ごご》には体育祭《たいいくさい》、観《み》に行《い》くからね」

お母《かあ》さんとお父《とう》さんは午前中《ごぜんちゅう》に親戚《しんせき》の法事《ほうじ》があって、午後《ごご》から体育祭《たいいくさい》を観《み》に来《く》る予定《よてい》になっている。

「ムリしなくてもいいのに。中学《ちゅうがく》だと親《おや》が来《こ》ない人《ひと》も多《おお》いよ」

「えー、いいじゃないの。ヒナのアナウンス聞《き》きたいし」

放送部《ほうそうぶ》に入《はい》ってからもうすぐ三か月《げつ》。

マイクの前《まえ》に座《すわ》るのにもだいぶ慣《な》れたけど、そういえばお母《かあ》さんやお父《とう》さんの前《まえ》でしゃべったことはないんだった。

はじめてのお披露目《ひろめ》なのかも、って意識《いしき》したらとたんにドキドキしてくる。

今日《きょう》のためにがんばってきたわけだけど、余計《よけい》に緊張《きんちょう》しそう。

「ヒナ、このところテレビ観《み》ながら練習《れんしゅう》してたもんね」

ここ数日《すうじつ》、あたしはアサギ先《せん》パイに教《おし》えてもらった実況《じっきょう》の練習《れんしゅう》をやっていた。

たとえば、旅番組《たびばんぐみ》を観《み》ながらいちいち場面《ばめん》を説明《せつめい》してみる。

「土産《みやげ》もの屋《や》さんに到着《とうちゃく》しました」

「かわいいお菓子《かし》がたくさんならんでます」

「おまんじゅうの試食《ししょく》をしています」

映像《えいぞう》にあわせて状況《じょうきょう》を言葉《ことば》で説明《せつめい》するの、これがなかなかむずかしい。うまい言葉《ことば》がポンポンでてこないのだ。

かといって、迷《まよ》ってると番組《ばんぐみ》は次《つぎ》のシーンにいってしまう。言葉《ことば》のレパートリーを増《ふ》やさなきゃいけないんだなってわかった。

それから、サッカーの試合《しあい》を観《み》ながら実況《じっきょう》をマネてみたりもした。

「日本《にっぽん》ボールのコーナーキックです」

「長野《ながの》、左《ひだり》サイド。石川《いしかわ》にあずけます」

「ここからシュート！」

サッカーの試合《しあい》と体育祭《たいいくさい》のリレーじゃちがうけど、それでも参考《さんこう》になることは多《おお》い。

常《つね》に動《うご》いてる試合《しあい》の様子《ようす》を、アナウンサーの人《ひと》は一《ひと》つひとつ丁寧《ていねい》に説明《せつめい》する。

必死《ひっし》に集中《しゅうちゅう》して試合《しあい》を観《み》てないとできない。きっとよそ見《み》なんてしないんだろう。

それに、伝《つた》える情報《じょうほう》が多《おお》いから話《はな》すのがとっても速《はや》い。速《はや》いけど、でもちゃんと聞《き》きとれる。

滑舌《かつぜつ》や発声《はっせい》の練習《れんしゅう》がいつも以上《いじょう》に必要《ひつよう》だし、アサギ先《せん》パイに顔《かお》の筋肉《きんにく》のストレッチにいって聞《き》いたガムをたくさんかんだりもした。あごが疲《つか》れて修業不足《しゅぎょうぶそく》をますます実感《じっかん》した。

そういうわけで、やれることはあまりにたくさんありすぎた。

テストもおわったし、あたしは毎日練習《まいにちれんしゅう》にはげみにはげんで、気《き》がついたら体育祭《たいいくさい》の当日《とうじつ》になってたって感《かん》じだ。

昨日《きのう》も遅《おそ》くまで練習《れんしゅう》していたせいか、口《くち》からあくびがでそうになってしまう。

冷《つめ》たい牛乳《ぎゅうにゅう》をひと口《くち》飲《の》んで、「期待《きたい》しててね」ってお母《かあ》さんにわざと大《おお》きなことを言《い》って自分《じぶん》にプレッシャーをかけておく。

今日《きょう》は絶対《ぜったい》に失敗《しっぱい》しない。

いつもの登校時間《とうこうじかん》より一時間早《じかんはや》い校舎《こうしゃ》は静《しず》かだった。けど、グラウンドの片《かた》すみではすでに先生《せんせい》や体育祭実行委員《たいいくさいじっこういいん》の生徒《せいと》たちが準備《じゅんび》をはじめている。

あたしも自分《じぶん》のクラスに行《い》ってそそくさと制服《せいふく》から体操服《たいそうふく》に着《き》がえ、早足《はやあし》で放送室《ほうそうしつ》にむかう。

階段《かいだん》をおりていると、放送室《ほうそうしつ》の鍵《かぎ》を持《も》った五十嵐先《いがらしせん》パイと会《あ》った。

「──おはようございますっ！」

自分《じぶん》でもわざとらしいくらい元気《げんき》よくあいさつしたら、先《せん》パイは小《ちい》さく笑《わら》った。

「おはよう」

普通《ふつう》にあいさつしてくれてホッとする。この間《あいだ》の図書室《としょしつ》での一件以来《いっけんいらい》、なんとなく気《き》まずい状態《じょうたい》がつづいていたのだ。

五十嵐先《いがらしせん》パイも体操服姿《たいそうふくすがた》で、ジャージのズボンのポケットにおしこんだ白組《しろぐみ》のハチマキがのぞいている。あたしは紅組《あかぐみ》なので、おそろいじゃないのはちょっと残念《ざんねん》だ。

先《せん》パイが階段《かいだん》の途中《とちゅう》で待《ま》ってくれているので、となりにならんだ。

「まずは本部《ほんぶ》テントに機材《きざい》を運《はこ》ぶんですよね」

昨日《きのう》のうちに、マイクやスピーカーなどはすでに放送室《ほうそうしつ》に用意《ようい》してあった。

「景山先生《かげやませんせい》もすぐに来《く》るから、みんなで手《て》わけして運《はこ》ぼう」

二階《かい》に到着《とうちゃく》し、五十嵐先《いがらしせん》パイが放送室《ほうそうしつ》の鍵《かぎ》をあけた直後《ちょくご》に景山先生《かげやませんせい》があらわれ、それからすぐにアサギ先《せん》パイとヒビキくんもやって来《き》た。

いよいよ、体育祭《たいいくさい》の準備《じゅんび》がスタートだ。

五十嵐先《いがらしせん》パイが必要《ひつよう》な機材《きざい》を再度確認《さいどかくにん》。まずは一番大《いちばんおお》きくて重《おも》たいスピーカーをアサギ先《せん》パイと景山先生《かげやませんせい》が二人《ふたり》がかりで運《はこ》ぶことになり、ヒビキくんが重《おも》そうな延長《えんちょう》コードを抱《かか》えてそのあとをついていく。

なので、あたしは次《つぎ》に重《おも》そうなマイクスタンドを運《はこ》ぶことにした。

三本《ぼん》まとめて抱《かか》えてみると、予想以上《よそういじょう》に重《おも》たいし長《なが》いしでバランスがとれない。

両足《りょうあし》に力《ちから》を入《い》れてみるものの、体《からだ》がふらふらして予想外《よそうがい》の方向《ほうこう》に足《あし》が動《うご》いちゃう。

あ、まずい……っ！

壁《かべ》にぶつかるってぎゅっと目《め》をつむった瞬間《しゅんかん》、後《うし》ろから体《からだ》を支《ささ》えられた。

「そんなにいっぺんに持《も》たなくて大丈夫《だいじょうぶ》だよ」

後《うし》ろからあたしの両《りょう》うでをつかむように支《ささ》えてくれているのは五十嵐先《いがらしせん》パイだった。

マイクスタンドを抱《かか》えたまま顔《かお》をあげて、あまりの近《ちか》さに全身《ぜんしん》が一瞬《いっしゅん》でゆであがって手《て》足《あし》の力《ちから》が抜《ぬ》けそうになる。

なかなか成長期《せいちょうき》が来《き》てくれないあたしより、頭一個分《あたまいっこぶん》、五十嵐先《いがらしせん》パイは背《せ》が高《たか》い。

至近距離《しきんきょり》で見《み》おろされて、はげしく打《う》ってる心臓《しんぞう》はドキドキを通《とお》り越《こ》してもう口《くち》からでそうだ。

……心臓《しんぞう》が口《くち》からでたら体育祭《たいいくさい》のアナウンスができなくなる。

そう思《おも》う一方《いっぽう》、願《ねが》わずにはいられない。

このまま時間《じかん》がとまればいいのに。

体中《からだじゅう》の血管《けっかん》が音《おと》を立《た》ててるあたしの手《て》から、先《せん》パイはマイクスタンドを軽々《かるがる》とうばってはなれた。時間《じかん》はとまることなくちゃんと流《なが》れてる。

「これはぼくが持《も》ってくから、ヒナさんはそっちのカゴをお願《ねが》い」

先《せん》パイが指《ゆび》さしたカゴには、マイクや小物《こもの》が入《はい》っていて見《み》るからに軽《かる》そうだ。

「で、でも、あたし持《も》てます！　大丈夫《だいじょうぶ》です！」

たった今《いま》転《ころ》びかけたばかりで何《なに》も大丈夫《だいじょうぶ》じゃないくせに、って自分《じぶん》でも思《おも》うのに、先《せん》パイは笑《わら》ったりしないでやさしくかえしてくれる。

「ありがとう。でも、重《おも》たいし転《ころ》んだりしたら危《あぶ》ないから」

あたしを気《き》づかって「ゆっくりでいいよ」とつけくわえ、先《せん》パイは先《さき》に行《い》ってしまった。

小《ちい》さくなっていく先《せん》パイの背中《せなか》を見《み》つめ、ヘコみそうになる自分《じぶん》にカツを入《い》れる。

ちょっとうまくいかなかっただけ。体育祭《たいいくさい》はこれからなんだから。

家《いえ》でも実況《じっきょう》の練習《れんしゅう》をやっていたことは五十嵐《いがらし》先《せん》パイには話《はな》してない。

ばっちり上手《じょうず》に完《かん》ペキにやっておどろかせたい。

あたしもやればできるんだって認《みと》めてもらいたい。

……そしたら少《すこ》しは見《み》てもらえるかな。

両手《りょうて》でしっかりカゴを持《も》ち、胸《むね》をはるようにしてしっかり前《まえ》をむいて歩《ある》いた。

☆

すべての準備《じゅんび》が整《ととの》って、いよいよ開会式《かいかいしき》がはじまった。

放送部《ほうそうぶ》は選手入場《せんしゅにゅうじょう》の列《れつ》にはまざらず、本部《ほんぶ》テントの一角《いっかく》に設置《せっち》した放送卓《ほうそうたく》でアナウンスをする。

開会式《かいかいしき》の司会《しかい》は進行《しんこう》や出入《でい》りの確認《かくにん》などが必要《ひつよう》ではあるけど、基本的《きほんてき》には用意《ようい》した原稿《げんこう》を読《よ》むだけだ。なので、ここ最近《さいきん》、実況《じっきょう》の練習《れんしゅう》ばかりしていたあたしにはとっても気楽《きらく》だ。と、マイクを前《まえ》にして気楽《きらく》に思《おも》うなんてはじめてだって気《き》がつく。

「原稿《げんこう》、スラスラ読《よ》めてたね」

五十嵐《いがらし》先《せん》パイにも感心《かんしん》したようにほめてもらえ、我慢《がまん》しようと思《おも》ってもほっぺたがゆるむ。

実況《じっきょう》の練習《れんしゅう》がほかにも活《い》きるなんて思《おも》ってもみなかった。

あたしのなかに、生《う》まれてこのかたほとんど感《かん》じたことがなかった自信《じしん》みたいなものがふつふつわいてくる。今日《きょう》のあたしならやれるって気持《きも》ちでメラメラしてくる。

開会式《かいかいしき》は無事《ぶじ》おわり、こうして体育祭《たいいくさい》がはじまった。

応援団《おうえんだん》による応援合戦《おうえんがっせん》があり、いよいよ各競技《かくきょうぎ》のスタート。競技《きょうぎ》がはじまってからのアナウンスは交代制《こうたいせい》だ。

最初《さいしょ》の競技《きょうぎ》は二年生男子《ねんせいだんし》の百《ひゃく》メートル走《そう》で、ヒビキくんと二人《ふたり》でアナウンスする。

「がんばろうね！」

あたしが声《こえ》をかけると、ヒビキくんは「おう」と短《みじか》くこたえて機材《きざい》を操作《そうさ》し、音楽《おんがく》を流《なが》した。アップテンポでカッコいいクラシック音楽《おんがく》だ。

「これ、なんて曲《きょく》？」

聞《き》くと、ヒビキくんは「ベートーヴェンの交響曲第七番《こうきょうきょくだいばん》の第四楽章《だいがくしょう》」ってこたえた。

ベートーヴェンはあたしも知《し》ってるけど、『運命《うんめい》』と『喜《よろこ》びの歌《うた》』しかわからない。

歌詞《かし》のある曲《きょく》はダメっていうルールを体育祭実行委員《たいいくさいじっこういいん》から直前《ちょくぜん》に言《い》いわたされ、ヒビキくんの曲選《きょくえら》びは難航《なんこう》してクラシック曲中心《きょくちゅうしん》となった。その分《ぶん》マニアックな選曲《せんきょく》にしたという。

音楽《おんがく》が流《なが》れると、たちまち体育祭《たいいくさい》って雰囲気《ふんいき》になってテンションがあがる。

朝《あさ》はおちこみかけてたけど、開会式《かいかいしき》でうまくやれたし、もうすっかり元気《げんき》だ。

ゆっくり、おちついて、深呼吸《しんこきゅう》して、背《せ》すじをのばして。

『プログラム一番《ばん》の競技《きょうぎ》は、二年生男子《ねんせいだんし》による百《ひゃく》メートル走《そう》です。体育祭《たいいくさい》を最初《さいしょ》に盛《も》りあげてくれる走《はし》りに期待《きたい》しましょう。入場《にゅうじょう》する選手《せんしゅ》に拍手《はくしゅ》をお願《ねが》いします！』

グラウンドの入場門《にゅうじょうもん》から、ならんだ二年生男子《ねんせいだんし》が入場《にゅうじょう》して拍手《はくしゅ》がわきおこる。

ここでもスムーズにアナウンスできて、「よし！」とあたしはこぶしを作《つく》った。

今日《きょう》のあたしはデキるあたしだ！

「最初《さいしょ》から飛《と》ばすと後半《こうはん》バテるぞ」

横《よこ》からヒビキくんが忠告《ちゅうこく》してくる。

「べつに飛《と》ばしてないよ」

「あっそ」

最初《さいしょ》の選手《せんしゅ》がスタートラインにつき、ピストルがパンッと明《あか》るく鳴《な》った。

百《ひゃく》メートル走《そう》などの個人種目《こじんしゅもく》では、レースごとに上位三位《じょういい》までの順位《じゅんい》を読《よ》みあげることになっている。『一位《い》は紅組《あかぐみ》、二位《い》は白組《しろぐみ》、三位《い》は紅組《あかぐみ》でした』といった具合《ぐあい》だ。

レースは次々行《つぎつぎおこな》われるので、意外《いがい》と息《いき》つくヒマがない。

グラウンドを見《み》つめ、ヒビキくんと交代《こうたい》でアナウンスしていく。

少《すこ》しして、スタートラインに五十嵐先《いがらしせん》パイが立《た》ったのが見《み》えた。額《ひたい》に白《しろ》いハチマキをまいている。

息《いき》をつめてドキドキしていたら、ピストルの合図《あいず》で走者《そうしゃ》が一斉《いっせい》に走《はし》りだした。

ランニングでは五十嵐先《いがらしせん》パイの走《はし》りを見《み》たことがあるけど、短距離走《たんきょりそう》でははじめてだ。

つい身《み》を乗《の》りだしてレーンを見《み》つめる。

最初《さいしょ》は後《うし》ろのほうだったけど、カーブにさしかかったところで先《せん》パイはペースをあげて二人《ふたり》抜《ぬ》いた。勢《いきお》いをつけてまた一人《ひとり》抜《ぬ》く。

あと一人《ひとり》で一位《い》――

走者《そうしゃ》が次々《つぎつぎ》とゴールした。五十嵐《いがらし》先《せん》パイは二位《い》だった。

「……おい」

あきれた顔《かお》のヒビキくんに横《よこ》からこづかれ、ハッとしたあたしはマイクの前《まえ》にもどった。

『一位《い》は白組《しろぐみ》、二位《い》はいが――白組《しろぐみ》、三位《い》は紅組《あかぐみ》でした』

うっかり『二位《い》は五十嵐《いがらし》先《せん》パイ』って言《い》いそうになっちゃった。危《あぶ》ない。

そうしてレースも残《のこ》りわずか、というところでヒビキくんが時計《とけい》を見《み》た。

「次《つぎ》の種目《しゅもく》、一年女子《ねんじょし》だろ」

うっかりしてた。残《のこ》りのアナウンスはヒビキくんに任《まか》せ、ハチマキを頭《あたま》にまきながらパタパタとかける。

一年女子《ねんじょし》の応援席《おうえんせき》はすでにカラになってて、入場門《にゅうじょうもん》のところで知花《ちか》を見《み》つけて手《て》をふる。

それにしても暑《あつ》い。本部《ほんぶ》テントからここまで来《く》るだけで息《いき》があがって汗《あせ》をかいちゃってた。

「放送部《ほうそうぶ》、忙《いそが》しそうだね」

「うん。でも、近《ちか》くで競技《きょうぎ》が見《み》られるから楽《たの》しいよ」

額《ひたい》の汗《あせ》をぬぐっていたら、知花《ちか》がハチマキを結《むす》びなおしてくれた。カチューシャみたいにまいて、かわいくリボン結《むす》びをしてくれる。

こうして二年男子《ねんだんし》の百《ひゃく》メートル走《そう》が終了《しゅうりょう》し、一年女子《ねんじょし》の百《ひゃく》メートル走《そう》になった。音楽《おんがく》が変《か》わって、アナウンスはヒビキくんから五十嵐《いがらし》先《せん》パイにバトンタッチ。

『次《つぎ》の競技《きょうぎ》は、一年生女子《ねんせいじょし》による百《ひゃく》メートル走《そう》です。はじめての体育祭《たいいくさい》、ぜひ楽《たの》しんで走《はし》り抜《ぬ》いてください。それでは選手《せんしゅ》の入場《にゅうじょう》です』

グラウンドにひびく五十嵐《いがらし》先《せん》パイの声《こえ》は、心《こころ》なしかいつもより明《あか》るい。体育祭《たいいくさい》だし話《はな》し方《かた》を変《か》えてるのかも。

先《せん》パイの声《こえ》に背中《せなか》を押《お》されるように列《れつ》にまじって入場《にゅうじょう》する。本部《ほんぶ》テントからはあたしの走《はし》りもよく見《み》えちゃうんだろうなって思《おも》うと少《すこ》しユーウツ。

体育祭《たいいくさい》でデキるところを見《み》せたい気持《きも》ちは山々《やまやま》だけど、さすがに百《ひゃく》メートル走《そう》の練習《れんしゅう》はしていない。せめてビリにはならないようにしたい。

そうして競技《きょうぎ》が進《すす》み、一《ひと》つ前《まえ》の組《くみ》の知花《ちか》が颯爽《さっそう》と一位《い》でゴールしたのを見送《みおく》ると、いよいよあたしの番《ばん》だ。

位置《いち》について、よーい、スタート！

一歩目《いっぽめ》からスニーカーの足《あし》がすべって転《ころ》びかけたけど、なんとかふんばって足《あし》を前《まえ》にだす。あたしをおいて前《まえ》へ行《い》ってしまう、いくつもの背中《せなか》を必死《ひっし》に追《お》いかける。

少《すこ》しでも、少《すこ》しでも前《まえ》へ……！

必死《ひっし》にうでをふってゴールした。順位《じゅんい》を見《み》ると、なんとかビリにはならずにすんでいる。

後《うし》ろから二番目《ばんめ》の五位《い》だ。がんばった。

すでに次《つぎ》のレースがはじまっていて、あたしはあわててゴール地点《ちてん》からはなれた。

さっさと本部《ほんぶ》テントにもどらなきゃ。

そう退場門《たいじょうもん》のほうへむかおうとしたけど、足《あし》がもつれそうになって、ひざに両手《りょうて》をついて立《た》ちどまる。

息切《いきぎ》れがとまらない。額《ひたい》から流《なが》れた汗《あせ》がポタポタたれて、乾《かわ》いた地面《じめん》におちていく。

たかだか百《ひゃく》メートル走《はし》っただけなのに、疲《つか》れすぎじゃない？

「ヒナ？」

正面《しょうめん》に誰《だれ》かが立《た》ってて顔《かお》をあげると、さっきゴールした知《ち》花《か》だった。いつの間《ま》にこっちにもどってきたんだろう。

「どうかしたの？」

「ちょっと……立《た》ちくらみかも――」

そのあとは言《こと》葉《ば》にならなくて、がくっとひざの力《ちから》が抜《ぬ》けてしりもちをついた。

どうしたんだろう。

足《あし》に力《ちから》が入《はい》らない。座《すわ》ってるのになんだか頭《あたま》がクラクラして――

目《め》の前《まえ》がまっ白《しろ》になった。

11 見《み》てたから

ハッとして目《め》をあけると、天井《てんじょう》の白《しろ》いパネルと蛍光灯《けいこうとう》。仰《あお》むけに寝《ね》かされている。

……あれ？

ゆっくり上半身《じょうはんしん》を起《お》こすと、かけられてたブランケットがベッドから半分《はんぶん》ずりおちた。

記憶《きおく》がはっきりしない。

ここはどこで、あたしはなんで寝《ね》てたんだろう。

ベッドをかこっているクリーム色《いろ》のカーテンに手《て》をのばし、カーテンのすきまからそっと外《そと》を見《み》る。

「あら、起《お》きたの？」

保健委員会《ほけんいいんかい》の会議《かいぎ》で見《み》たことがある、保健《ほけん》の先生《せんせい》が丸《まる》いすに座《すわ》っていた。うちのお母《かあ》さんと同《おな》い年《どし》くらいのメガネの女《おんな》の先生《せんせい》だ。

ということは、ここ、保健室《ほけんしつ》？

「あたし……」

こっちにやって来《き》た先生《せんせい》が、中腰《ちゅうごし》になってあたしの顔《かお》をのぞきこむ。

「頭痛《あたまいた》かったり、気持《きも》ち悪《わる》かったりする？」

首《くび》を横《よこ》にふった。痛《いた》いところはないし、どちらかというと頭《あたま》も体《からだ》もすっきりしてる。

「熱中症《ねっちゅうしょう》の症状《しょうじょう》じゃなかったから、貧血《ひんけつ》じゃないかな。朝《あさ》ご飯《はん》抜《ぬ》いてたり、睡眠不足《すいみんぶそく》だったりする？」

「朝《あさ》ご飯《はん》は食《た》べました。睡眠《すいみん》はその……」

ぼんやりした頭《あたま》でこの一週間《いっしゅうかん》のことを思《おも》いかえす。テスト勉強《べんきょう》にアナウンスと実況《じっきょう》の練《れん》習《しゅう》。寝《ね》るのはついつい遅《おそ》くなっちゃってた。

「不足《ふそく》してた、気《き》がします」

もしかして、あたし、さっきまでベッドで寝《ね》てたってこと？

両手《りょうて》で顔《かお》をおおった。はずかしい。何《なに》もこんな日《ひ》にかぎって学校《がっこう》で寝《ね》なくても――

ギョッとしてあたりを見《み》まわした。

ベッドの枕《まくら》もとにあるほどけた紅《あか》いハチマキ。そして壁時計《かべどけい》を見《み》つめる。

午前《ごぜん》十一時《じ》すぎ。

混乱《こんらん》してた記憶《きおく》の糸《いと》が少《すこ》しずつ整理《せいり》されてきて、頭《あたま》からすうっと血《ち》の気《け》がひいていく。

「藍内《あいうち》さん？」

百《ひゃく》メートル走《そう》を走《はし》りおわったの、何時《なんじ》だった？ そのあと、あたし何時間《なんじかん》寝《ね》てたの？

体育祭《たいいくさい》は？ アナウンスは？

「ヒナ！ 起《お》きたんだ！」

そう声《こえ》がしたほうを見《み》ると、保健室《ほけんしつ》の入口《いりぐち》から体操服姿《たいそうふくすがた》の知花《ちか》がかけてきた。

「知花《ちか》……あたし――」

知花《ちか》の後《うし》ろには景山先生《かげやませんせい》もいて、あたしの顔《かお》を見《み》るなり心底《しんそこ》ホッとした顔《かお》になる。

「おうちの人《ひと》に連絡《れんらく》したんだけど、家《いえ》にもケータイにもつながらなかったからどうしようかと思《おも》ってたんだ」

「あ……午前中《ごぜんちゅう》、法事《ほうじ》ででかけてて、スマホの電源《でんげん》切《き》ってるんだと思《おも》います。――先生《せんせい》、そんなことより、あたし、アナウンスもどらないと！」

ベッドからでようとしたら保健《ほけん》の先生《せんせい》にとめられた。

「顔色《かおいろ》もよくなったしだいぶ元気《げんき》になったとは思《おも》うけど、せめてお昼《ひる》までは休《やす》んでいきなさい」

「でも……っ！」

午前中《ごぜんちゅう》、あたしが担当《たんとう》するはずの競技《きょうぎ》はいくつあった？　もういくつおわっちゃった？

保健室《ほけんしつ》で寝《ね》てる場合《ばあい》じゃなかったのに――

「ちゃんと休《やす》んでよ」

思《おも》いもかけず、強《つよ》い口調《くちょう》で言《い》ったのは知花《ちか》だった。

「ヒナが倒《たお》れてビックリするの、わたし、一回《いっかい》でも十分《じゅうぶん》」

あたしはベッドから浮《う》かせていた腰《こし》をそっとおとした。

知花《ちか》にこれ以上《いじょう》、心配《しんぱい》かけたくない。

唇《くちびる》をぎゅっと結《むす》んで、ベッドからおちたブランケットをひっぱりあげた。それを両手《りょうて》で強《つよ》くにぎって、あふれそうな感情《かんじょう》を必死《ひっし》に押《お》しとどめる。

「ちゃんと休《やす》んで、元気《げんき》なら午後《ごご》からもどろう。放送部《ほうそうぶ》のほうは心配《しんぱい》ないから」

景山先生《かげやませんせい》の言葉《ことば》に、小《ちい》さくうなずくのが精《せい》いっぱいだった。

知花《ちか》と景山先生《かげやませんせい》が保健室《ほけんしつ》をでていき、ベッドのカーテンが再《ふたた》びとじられ、あたしはおとなしくベッドに横《よこ》になって枕《まくら》に顔《かお》をうずめた。

次《つぎ》から次《つぎ》へと目《め》から熱《あつ》いものがあふれてとまらない。あっという間《ま》に枕《まくら》がしめっぽくなってしまう。

人数《にんずう》が少《すく》なくて大変《たいへん》だってわかってたのに。

デキるところを見《み》せようと思《おも》ってたのに。

全部全部《ぜんぶぜんぶ》、裏目《うらめ》にでた。はりきって、カラまわって、失敗《しっぱい》した。あたしが失敗《しっぱい》しただけならまだいい、みんなにとんでもない迷惑《めいわく》をかけた。

あわせる顔《かお》がない。

ずびっと鼻《はな》をすすって、さっきより強《つよ》く枕《まくら》に顔《かお》を押《お》しつける。

サイアクだ。

ぐずぐず泣《な》いていたら頭《あたま》が重《おも》くなってきて、気《き》づいたときにはまたうとうとしていたらしい。目《め》をさますと泣《な》きすぎて目《め》もとがヒリヒリしていた。

保健室《ほけんしつ》はいやに静《しず》かで、手《て》の甲《こう》で目《め》もとをぬぐってからカーテンをあけると、保健《ほけん》の先《せん》生《せい》はいなかった。

時計《とけい》を見《み》るとさらに三十分《ぷん》ほど経《た》っている。ベッドからでて立《た》ちあがってみると、頭《あたま》はすっきりしてるし足《あし》がふらつく感《かん》じもない。貧血《ひんけつ》はおさまってるみたいだ。

けど、もどるにもどれない。どんな顔《かお》でどこにもどればいいのかもわからない。

ベッドにストンと腰《こし》かける。これからどうしよう、ってぼんやり考《かんが》えていたときだった。

保健室《ほけんしつ》のドアをノックする音《おと》がした。

先生《せんせい》がもどってきたのかなって思《おも》ったけど、それならノックはしない気《き》がする。

あけたほうがいいのか迷《まよ》っているうちに、ドアが静《しず》かに横《よこ》にスライドして。

五十嵐《いがらし》先《せん》パイが顔《かお》をだした。

さっきまで寝《ね》ていた病人《びょうにん》とは思《おも》えない素早《すばや》さで、あたしはベッドのカーテンをとじた。

まだ会《あ》えない。気持《きも》ちの整理《せいり》ができてない。

けど足音《あしおと》は近《ちか》づいてきて、「ヒナさん」って遠慮《えんりょ》がちにかけられた声《こえ》に、心臓《しんぞう》をつかまれて息《いき》がとまった。

「ヒナさんの友《とも》だちが、ヒナさんが起《お》きたって教《おし》えてくれた」

知花《ちか》が先《せん》パイのところに行《い》ってくれたんだ。

先《せん》パイの声《こえ》はカーテン越《ご》しだけどはっきりと聞《き》こえる。その声《こえ》はまったく怒《おこ》ってなくて、どっちかといえば気《き》づかうような、心配《しんぱい》そうなものに思《おも》えた。

とじていたカーテンをぎゅっとにぎってうつむき、しぼりだすように声《こえ》をだす。

「ごめんなさい……」

ヒリついていた目《め》もとがたちまち熱《あつ》くなる。涙《なみだ》を必死《ひっし》にこらえているせいで、カーテンをつかんだ手《て》がふるえてしまう。

「アナウンスは平気《へいき》だよ」

だまって首《くび》を横《よこ》にふった。

「みんなで準備《じゅんび》した原稿《げんこう》も資料《しりょう》もあるんだから。今《いま》だって、アサギとヒビキに任《まか》せてる」

でも、だけど。

にじんだ涙《なみだ》をぬぐおうとしてカーテンから手《て》をはなしたら、とじたはずのカーテンにすきまができていて。

五十嵐《いがらし》先《せん》パイと目《め》があった。

今《いま》、自分《じぶん》がどれだけヒドい顔《かお》なのか思《おも》いだして、とっさに近《ちか》くにあったしめっぽい枕《まくら》で顔《かお》をかくした。もう色《いろ》んな意味《いみ》でサイアクだ。

重《おも》たい沈黙《ちんもく》。そして。

「――ぼくこそごめん」

ふいにかけられた言葉《ことば》におどろいて、そっと目《め》もとだけ枕《まくら》からだす。

とじていたカーテンをあけ、五十嵐《いがらし》先《せん》パイがしゃがんであたしを見《み》あげていた。

「せ、先《せん》パイが、なんであやまるんですか」

枕《まくら》で顔《かお》を半分《はんぶん》かくしたまま、ずびっとしながら聞《き》く。

「ヒナさんが最近《さいきん》ムリしてるの、ずっと気《き》になってた。なのにフォローできなかった」

ヒドい顔《かお》なのも忘《わす》れ、あたしは枕《まくら》をおとして立《た》ちあがった。

「そ、そんなのあやまらないでください！　あたしがダメだったってだけで――」

「ヒナさんはがんばってたし、ダメじゃないよ」

……先《せん》パイはやさしい。

いつだってダメじゃないって言《い》ってくれる。あたしをはげましてくれる。そんな先《せん》パイがあたしは好《す》きでしょうがない。

でも、それだと先《せん》パイにはとどかない。見《み》てもらえない。

目《め》をかけてもらうだけなのはもうイヤだ。

あたしはあたしが見《み》てるように、先《せん》パイに見《み》てもらいたい――

「ダメじゃないから」

ウソじゃないって言《い》うようにくりかえして、先《せん》パイはまっすぐにあたしを見《み》る。

「ヒナさんが、アサギやヒビキのこと気《き》にかけてくれたのと同《おな》じだよ。ヒナさんも放送部《ほうそうぶ》の一員《いちいん》なんだから、一人《ひとり》でムリしないでほしい。何《なに》か悩《なや》んでるなら言《い》ってほしい」

あんなに迷惑《めいわく》かけたのに。

興奮《こうふん》して立《た》ちあがってたあたしは、ゆっくりベッドに腰《こし》をおろした。まだこっちを見《み》てくれてる先《せん》パイに、ずっと抱《かか》えていた感情《かんじょう》がこぼれだす。

「あたし、もっとデキるようになりたいんです」

先《せん》パイはだまってうなずいてくれる。

「デキるようになって、それで……それで、」

先《せん》パイの目《め》をまっすぐに見《み》かえした。

「五十嵐《いがらし》先《せん》パイに見《み》てもらいたいですっ！」

肺《はい》に残《のこ》っていた空《くう》気《き》を全《ぜん》部《ぶ》はきだすように言《い》って、我《が》慢《まん》できなくなったあたしはおとしていた枕《まくら》をひろって顔《かお》をかくすと、両《りょう》ひざを抱《かか》えた。

二人《ふたり》きりの保《ほ》健《けん》室《しつ》はあまりに静《しず》かで、もうあたしの心《しん》臓《ぞう》の音《おと》しか聞《き》こえない。

……言《い》っちゃった。

顔《かお》に枕《まくら》をおしつけてる手《て》も力《ちから》を入《い》れてないとぶるぶるする。

息《いき》ができない、心《しん》臓《ぞう》が痛《いた》い、体《からだ》が熱《あつ》い。

今《いま》のあたしが何《なに》を言《い》ってもどうしようもない。

そうわかってたのに、言《い》っちゃった――

「ヒナさんのことは見《み》てるよ」

その言葉《ことば》に手《て》のふるえがとまり、枕《まくら》からそっと顔《かお》をあげる。

さっきと同《おな》じ。先《せん》パイの目《め》はまっすぐあたしをむいている。

……本当《ほんとう》に？

あんなにバクバクいってた心臓《しんぞう》がとまるような、永遠《えいえん》にも思《おも》えるような数秒《すうびょう》のあと。

先《せん》パイはこうつづけた。

「ヒナさんががんばってるの、ちゃんと見《み》てたよ」

……しゅるしゅるしゅる、って強《こわ》ばっていた体《からだ》から力《ちから》が抜《ぬ》けて、両手《りょうて》から枕《まくら》がベッドの上《うえ》にぼふっとおちる。

……わかってた。わかってたんだけど。

これはその……なんというか。

「ありがとう、ございます」

あたしの言葉《ことば》に、先《せん》パイの目《め》にやさしい笑《え》みが浮《う》かぶ。

ホッとしたようなその様子《ようす》に、先《せん》パイがあたしのことをすごく心配《しんぱい》してくれてたのがわかって胸《むね》がつまった。

あたしが本当《ほんとう》に言《い》いたかったことはビミョーに伝《つた》わってない、けど。

これはこれでうれしい。

立《た》ちあがった先《せん》パイの横顔《よこがお》を見《み》あげ、まだドキドキいってる心臓《しんぞう》をかくすために両手《りょうて》で枕《まくら》をぎゅっとする。

あせったってしょうがない。それに、今《いま》はこれで十分《じゅうぶん》だ。


そのすぐあとにお昼《ひる》のチャイムが鳴《な》り、保健《ほけん》の先生《せんせい》がもどってきた。あたしの具合《ぐあい》がすっかりよくなったのを確認《かくにん》して、ようやく保健室《ほけんしつ》をでる許可《きょか》をもらえる。

体育祭《たいいくさい》の午前《ごぜん》の部《ぶ》はおわって今《いま》はお昼休《ひるやす》み、生徒《せいと》はみんな教室《きょうしつ》にもどってお弁当《べんとう》を食《た》べる。教室《きょうしつ》にもどる前《まえ》に、あたしは本部《ほんぶ》テントに顔《かお》をだすことにした。

荷物《にもつ》もおきっぱなしだし、何《なに》よりアサギ先《せん》パイとヒビキくんにもあやまりたかった。

「二人《ふたり》とも怒《おこ》ってないし大丈夫《だいじょうぶ》だよ」

「それだとあたしの気《き》がおさまらないです」

本部《ほんぶ》テントにむかうあたしに、五十嵐《いがらし》先《せん》パイもついてきてくれる。

校舎《こうしゃ》一階《いっかい》の保健室《ほけんしつ》がある一角《いっかく》は昇降口《しょうこうぐち》から少《すこ》しはなれてた。体育祭《たいいくさい》で学校《がっこう》はにぎやかなのに、ここだけ切《き》りとられたように静《しず》かでなんだか不思議《ふしぎ》だ。

先《せん》パイが「どっちかというと、アサギはしょげてたよ」と教《おし》えてくれる。

「なんでですか？」

「自分《じぶん》がいっぺんに色々《いろいろ》教《おし》えすぎたせいかもって」

「そんなことないのに……」

ムリしたのはあたしが勝手《かって》にやったこと。お礼《れい》を言《い》うことはあってもアサギ先《せん》パイが責《せ》められる理由《りゆう》はない。

ちゃんと話《はなし》をしなきゃって思《おも》ってから、となりの五十嵐《いがらし》先《せん》パイを見《み》る。

これだけは言《い》っておこう。

「あの。あたし、アサギ先《せん》パイとつきあってないですから」

あたしがあんなに悩《なや》んだっていうのに、いつものことながら先《せん》パイの反応《はんのう》はうすかった。

「うん。ヒビキに聞《き》いた」

あたしがアサギ先《せん》パイとつきあっててもつきあってなくても、そりゃ五十嵐《いがらし》先《せん》パイには関係《かんけい》ない話《はなし》だろうけど、やっぱりちょっとはヘコむ。

「そんなつもりじゃなかったんだけど、ヒビキに態度《たいど》がヘンだったって言《い》われた」

「避《さ》けられてるのかと思《おも》いました」

素直《すなお》に思《おも》っていたことを言《い》うと、「ごめん」ってあやまられた。

「体育祭実行委員《たいいくさいじっこういいん》の人《ひと》にウワサのこと聞《き》かれたんだ。知《し》らなかったし、おどろいた」

五十嵐先《いがらしせん》パイは小《ちい》さく苦笑《くしょう》する。

「ヒビキのこととか、部長《ぶちょう》としてうまくやれてないなって思《おも》ってたんだ。だから二人《ふたり》にもどういう態度《たいど》をとったらいいのかわからなくて、とりあえずジャマしないようにしようって……」

前《まえ》にも「部長《ぶちょう》なのにうまくやれてない」って言《い》ってた気《き》がする。

先《せん》パイも色々悩《いろいろなや》んでたのかな。

「先《せん》パイにも、何《なに》かあるなら話《はな》してほしいです。ウワサのことだって、聞《き》いてくれればすぐ誤解《ごかい》だってわかったのに」

「そうだね」

「それに、ちょっと考《かんが》えれば、モテモテのアサギ先《せん》パイがあたしなんかとつきあってるわけないって、すぐわかるじゃないですか」

ここも「そうだね」って言《い》われるかと思《おも》ったのに、「そう？」と先《せん》パイは意外《いがい》そうな顔《かお》をする。

「べつにおかしくないけど」

「アサギ先《せん》パイとあたしじゃ、色々《いろいろ》レベルがちがいます」

「ヒナさんなら、アサギが好《す》きになってもおかしくないし」

どうこたえていいのかわからない。

『ヒナさんなら』

先《せん》パイの言葉《ことば》を頭《あたま》のなかでくりかえしてから、あれ？　って思《おも》った。

先《せん》パイにとってのそういう対象《たいしょう》になれるかは、またちがう話《はなし》だけど。誰《だれ》かのそういう対《たい》象《しょう》になってもおかしくない、とは思《おも》われてるってこと？

うれしいような、複雑《ふくざつ》なような。混乱《こんらん》した感情《かんじょう》はぐにゃぐにゃまじってマーブル模様《もよう》。

五十嵐《いがらし》先《せん》パイ、ほんっとうによくわからない。

でも、今回《こんかい》一《ひと》つだけわかったこともある。

先《せん》パイはむちゃくちゃニブい。

他人《たにん》のことに関《かん》してはそこまででもなさそうだけど、たぶん、自分《じぶん》のことに関《かん》してはものすごくニブい。

自分《じぶん》がそんな対象《たいしょう》になるだなんて、カケラも思《おも》ってないっぽい。

……わからない。

あたしがそういう対象《たいしょう》になるわけないって思《おも》うのとはわけがちがう。

先《せん》パイはカッコいいし、声《こえ》もいいし、やさしいし教《おし》え方《かた》も上手《じょうず》だし……なんかもう色々《いろいろ》全部《ぜんぶ》いいのに！

なんで？　あーもう、やっぱりよくわかんない！

昇降口《しょうこうぐち》のほうから教室《きょうしつ》へむかう生徒《せいと》たちのおしゃべりが聞《き》こえてきて、あたしたちの会話《かいわ》はそこでいったんおしまい、生徒《せいと》の波《なみ》を抜《ぬ》けて外《そと》にでた。

お日《ひ》さまが高《たか》い。足《あし》もとにおちたあたしたちのかげが濃《こ》い。

まぶしくて目《め》の上《うえ》に手《て》でひさしを作《つく》ってたら、「平気《へいき》？」ってとなりから聞《き》かれてうなずいた。

見《み》てほしいって思《おも》うのはかんたんだけど、思《おも》ってるだけじゃ伝《つた》わらない。

言葉《ことば》にしないととどかない。

何《なに》を考《かんが》えてるのか、ちゃんと言《い》わなきゃ伝《つた》わらないし、ちゃんと聞《き》かなきゃわからない。

先《せん》パイがニブいならなおさらだ。

あたしの想《おも》いはあんまり伝《つた》わってないみたいだけど、でも歩幅《ほはば》をあわせて歩《ある》いてくれる先《せん》パイが今《いま》はとってもうれしい。

いつかこの気持《きも》ちを、ちゃんと言葉《ことば》で伝《つた》えたい。

12 エール！

五十嵐先《いがらしせん》パイの言《い》うとおり、保健室《ほけんしつ》からもどったあたしをアサギ先《せん》パイもヒビキくんも責《せ》めたりしなかった。ただただ心配《しんぱい》されて、そしてアサギ先《せん》パイにはあやまられた。

「おれがムリさせたから……」

心底申《しんそこもう》しわけなさそうなアサギ先《せん》パイに、あたしはあわてて声《こえ》をかける。

「アサギ先《せん》パイが教《おし》えてくれたから、あたし、色々《いろいろ》できるようになった気《き》がするんです」

開会式《かいかいしき》もそのあとの競技《きょうぎ》でも、かつてないくらい原稿《げんこう》をスラスラ読《よ》めた。

「だからあやまらないでください。また色々教《いろいろおし》えてください」

アサギ先《せん》パイは少《すこ》しの間《あいだ》だまってたけど、やがてぱっと顔《かお》をあげた。

「――ありがと！」

え、と思《おも》ったときには正面《しょうめん》からアサギ先《せん》パイにハグされてた。突然《とつぜん》のことに固《かた》まったあたしから、五十嵐《いがらし》先《せん》パイがアサギ先《せん》パイをひきはがす。

「ヒナさん大丈夫《だいじょうぶ》？」

ビックリしすぎて何《なに》も大丈夫《だいじょうぶ》じゃないけど、とりあえず五十嵐《いがらし》先《せん》パイにうなずいた。

「アサギ、今度《こんど》そういうことしたらセクハラで退部《たいぶ》だから」

「感動《かんどう》して外国人《がいこくじん》みたいになっちゃっただけだってー。こわい顔《かお》すんなよ」

「部《ぶ》の規律《きりつ》を守《まも》るのも部長《ぶちょう》だから。それにアサギは日本人《にほんじん》だよね」

悪《わる》びれた様子《ようす》もなく、へへっと笑《わら》ってるアサギ先《せん》パイはやっぱりよくわからない。

そんな先《せん》パイたちを見《み》ているあたしを、ヒビキくんがつついて声《こえ》をひそめた。

「ナガレと話《はな》しできたの？」

うん、とこたえて、それからヒビキくんが何《なに》かと気《き》をつかってくれてたことを思《おも》いだす。

「色々《いろいろ》ありがと」

「これで貸《か》し借《か》りナシだからな」

ヒビキくんが何《なに》に対《たい》してあたしへの借《か》りだと思《おも》ったのかはわからないけど、ありがたくもらっておく。

そうして教室《きょうしつ》にもどって景山先生《かげやませんせい》にも報告《ほうこく》し、知花《ちか》と一緒《いっしょ》にお弁当《べんとう》を食《た》べた。体育祭《たいいくさい》の午後《ごご》の部《ぶ》がはじまって本部《ほんぶ》テントへむかう。

あたしが出場予定《しゅつじょうよてい》の競技《きょうぎ》は午前《ごぜん》の部《ぶ》ですべて終了《しゅうりょう》していたので、おかげで午後《ごご》はアナウンスに集中《しゅうちゅう》することができた。

お日《ひ》さまギラギラでグラウンドは暑《あつ》いけど、本部《ほんぶ》テントは日陰《ひかげ》だしアナウンスのときは座《すわ》ってられる。これなら体調《たいちょう》も問題《もんだい》なさそうだ。

そうしてプログラムは進《すす》んでいき、とうとう午後《ごご》のハイライト、紅白対抗《こうはくたいこう》リレーの時間《じかん》になった。女子《じょし》の部《ぶ》が先《さき》にスタートだ。

マイクの前《まえ》に座《すわ》ったあたしは、ここぞとばかりに気合《きあ》いを入《い》れる。

失敗《しっぱい》もしたけど、たくさん練習《れんしゅう》してきたのはホントのことだ。

練習《れんしゅう》の成果《せいか》をだす。

そのとき、「ヒナさん」と名前《なまえ》を呼《よ》ばれた。放送卓《ほうそうたく》のとなりの席《せき》に五十嵐先《いがらしせん》パイがついた。

「体調《たいちょう》は平気《へいき》？」

「ばっちりです」

両手《りょうて》をグーにしたあたしに、五十嵐先《いがらしせん》パイはうなずいた。

「ゆっくり、おちついて」

それにあたしはこたえた。

「深呼吸《しんこきゅう》して、背《せ》すじをのばして、です」

自分《じぶん》がすごく力《りき》んでいたことに気《き》づいて肩《かた》の力《ちから》を抜《ぬ》く。あんまりガチガチだといい声《こえ》もでない。

「あと、ムリはしないこと」

あたしはうなずいて、それから宣言《せんげん》する。

「あたし、先《せん》パイにデキるところを見《み》せます」

五十嵐先《いがらしせん》パイは少《すこ》しきょとんとした顔《かお》になって、でもやわらかい笑《え》みを浮《う》かべてくれた。

「楽《たの》しみにしてる」

ちょっとやそっとのことじゃ五十嵐先《いがらしせん》パイには伝《つた》わらないなら、これくらいのことはいくらでも言《い》える。それはそれでちょっと楽《たの》しいかも。

五十嵐先《いがらしせん》パイが入場門《にゅうじょうもん》のほうを見《み》て、選手《せんしゅ》のスタンバイができたのを確認《かくにん》すると合図《あいず》してくれた。あたしは静《しず》かに息《いき》を吸《す》い、マイクのスイッチを入《い》れる。

『次《つぎ》の競技《きょうぎ》は、紅白対抗《こうはくたいこう》リレーの女子《じょし》の部《ぶ》です。選手《せんしゅ》のみなさんの入場《にゅうじょう》です！』

選手入場《せんしゅにゅうじょう》の音楽《おんがく》が流《なが》れ、入場門《にゅうじょうもん》から選手《せんしゅ》の女子《じょし》たちがグラウンドに入《はい》ってきた。

『この競技《きょうぎ》では、一年生《ねんせい》から三年生《ねんせい》までの各学年各《かくがくねんかく》クラスの代表選手《だいひょうせんしゅ》がバトンをつなぎます。クラス別《べつ》の全《ぜん》四チーム、学年《がくねん》を越《こ》えて練習《れんしゅう》してきた選手《せんしゅ》たちの走《はし》りにご注目《ちゅうもく》ください』

そこで読《よ》んでいた原稿《げんこう》をわきによけた。あらかじめ作《つく》っておいた原稿《げんこう》を読《よ》むのはここまでだ。

準備《じゅんび》していた資料《しりょう》を手《て》もとにひろげてグラウンドを注視《ちゅうし》する。

スタートラインに第《だい》一走者《そうしゃ》がでてきて、係《かかり》の先生《せんせい》がうでをのばしてスタートピストルを空《そら》にむけた。

位置《いち》について、よーい、スタート！

パンッという音《おと》とともに走《はし》りだす。あたしはグラウンドを見《み》つめたまま再《ふたた》びしゃべりだした。

『走者《そうしゃ》、一斉《いっせい》にスタート！』

一人《ひとり》一周《いっしゅう》ずつ、百《ひゃく》メートルずつ走《はし》っていく。各《かく》クラスの足《あし》の速《はや》い子《こ》が選《えら》ばれてるだけあって、あたしには信《しん》じられないくらいみんな速《はや》い。

あたしは資料《しりょう》とグラウンドを交互《こうご》に見《み》ながら話《はな》していく。

『現在《げんざい》一位《い》は紅組《あかぐみ》、一年《ねん》一組《くみ》、中野優奈《なかのゆうな》さん。陸上部《りくじょうぶ》期待《きたい》のエースで夏《なつ》の大会《たいかい》にも出場予定《しゅつじょうよてい》、結果《けっか》が今《いま》から楽《たの》しみです。二位《い》は白組《しろぐみ》、四組《くみ》の小平萌花《こだいらもえか》さん。演劇部《えんげきぶ》で――』

一《いっ》チーム六人《にん》の全《ぜん》四チーム、出場選手《しゅつじょうせんしゅ》は合計《ごうけい》二十四人《にん》。

全員《ぜんいん》の名前《なまえ》とかんたんなプロフィールを、みんなで調《しら》べて資料《しりょう》にまとめてあった。

せっかくのリレーの選手《せんしゅ》、みんながんばって練習《れんしゅう》して走《はし》ってる。

なら、一人《ひとり》ひとり紹介《しょうかい》できたらいいなって思《おも》った。ちゃんと紹介《しょうかい》して、みんなを応援《おうえん》したい。

百《ひゃく》メートルを走《はし》るのはあっという間《ま》、全員《ぜんいん》の名前《なまえ》とプロフィールを読《よ》みあげ、『紅組《あかぐみ》二位《い》です！』とかちょっとした説明《せつめい》をするだけで、すぐに次《つぎ》の走者《そうしゃ》にバトンタッチしてしまう。

せわしないし忙《いそが》しい。必死《ひっし》にしゃべってるので、とちった、とか、かんじゃった、なんて気《き》にしてる余裕《よゆう》もない。

『一位《い》と二位《い》が逆転《ぎゃくてん》！　三位《い》と四位《い》もならんでます！』

選手一人《せんしゅひとり》ひとりを必死《ひっし》で目《め》で追《お》っていくうちに、どんどんのめりこんでいく。

『どっちもがんばれー！』

マイクを使《つか》ってるしあんまり大《おお》きな声《こえ》をだしちゃダメだってわかってはいたけど、気《き》がつけば夢中《むちゅう》でエールを送《おく》ってしまう。

そうして三年生《ねんせい》の走者《そうしゃ》にバトンタッチしてすぐだった。

あと少《すこ》しで一位《い》になれそうだった二位《い》の紅組《あかぐみ》の選手《せんしゅ》の体《からだ》が、カーブをすぎたところで浮《う》いた。

わっと応援席《おうえんせき》からも悲鳴《ひめい》があがり、その選手《せんしゅ》は地面《じめん》をすべるように前《まえ》のめりに転《ころ》んだ。

転《ころ》んだ選手《せんしゅ》はなかなか立《た》ちあがれなくて、三位《い》と四位《い》の選手《せんしゅ》にも抜《ぬ》かされてしまう。

やっと立《た》ちあがったものの、ほかの選手《せんしゅ》はもうずっと先《さき》を行《い》っている。

『――がんばれ！』

転《ころ》んだ選手《せんしゅ》は前《まえ》をむくと、汚《よご》れた手足《てあし》を軽《かる》くはらってからゆっくり足《あし》を動《うご》かした。

両《りょう》うでを大《おお》きくふって、徐々《じょじょ》にスピードをあげてほかの選手《せんしゅ》を追《お》いかける。

『がんばれ、がんばれ、がんばれ！』

もっとほかに言葉《ことば》はあるってわかってるのに、それしか言《い》えなくなっていた。

応援席《おうえんせき》からも声《こえ》があがって、みんなが応援《おうえん》してる。

失敗《しっぱい》するのはツラい。

どうせやるなら、もちろん完《かん》ペキなほうがいい。

でも、それでも。それがすべてじゃないんだなってふいに理解《りかい》した。

ムリしたってそんなのつづかない。

あたしなりにできることをがんばるしかない。

それに、たとえ転《ころ》んだとしても見《み》てくれる人《ひと》はいる。

少《すく》なくとも、五十嵐先《いがらしせん》パイは見《み》てるって言《い》ってくれた。

転《ころ》んだ選手《せんしゅ》が次《つぎ》の選手《せんしゅ》にバトンをわたした。走《はし》りおえたその選手《せんしゅ》のところに仲間《なかま》たちが集《あつ》まって、肩《かた》をたたいたり声《こえ》をかけたりしている。

あたしも次《つぎ》の走者《そうしゃ》に意識《いしき》をもどす。

『いよいよアンカーにバトンがわたりました！　アンカーはトラック一・五周《しゅう》を走《はし》りま

す！　最後《さいご》までどうなるか目《め》がはなせません！　見逃《みのが》せません！』

あたしの後《うし》ろでヒビキくんが機材《きざい》をいじってBGM《ビージーエム》を変《か》えた。アンカーになったら音楽《おんがく》を変《か》える、とヒビキくんは前々《まえまえ》から準備《じゅんび》していたのだ。

曲《きょく》は『クシコス・ポスト』。運動会《うんどうかい》の定番中《ていばんちゅう》の定番《ていばん》のクラシック曲《きょく》だ。

「定番《ていばん》すぎていまいち」ってヒビキくんはグチっていたけど、やっぱり定番《ていばん》なだけあってグラウンドはとたんに盛《も》りあがった空気《くうき》に変《か》わる。

選手《せんしゅ》の紹介《しょうかい》にもすっかり慣《な》れ、あとはレースの行方《ゆくえ》を見守《みまも》るのみ。

持《も》っていた資料《しりょう》は放《ほう》りだし、ただただ夢中《むちゅう》で応援《おうえん》する。

『現在《げんざい》トップは三組《くみ》の紅組《あかぐみ》チーム。……あ、二位《い》の白組《しろぐみ》が追《お》いついた！　一位《い》と二位《い》にほぼ差《さ》はナシ！　紅組《あかぐみ》一位《い》を守《まも》れるか、それとも白組《しろぐみ》が逆転《ぎゃくてん》するのか。三位《い》の選手《せんしゅ》もすぐ後《うし》ろ！　そして四位《い》の紅組《あかぐみ》も必死《ひっし》に差《さ》をちぢめてる！』

色々《いろいろ》言《い》おうと思《おも》ってるうちに、丁寧語《ていねいご》は抜《ぬ》けて言葉《ことば》はどんどん短《みじか》くなっていく。

あ、と息《いき》を呑《の》む。一位《い》と二位《い》がならんだ。

『カーブを曲《ま》がってあとは一直線《いっちょくせん》、ゴールを目指《めざ》すのみ！』

興奮《こうふん》で体《からだ》が熱《あつ》い。あと少《すこ》しで、リレーもあたしのアナウンスもおしまいだ。

気持《きも》ちが高《たか》ぶって、いっぱいになった感情《かんじょう》が声《こえ》になった。

『——行《い》っけ——‼』

一位《い》の選手《せんしゅ》がテープを切《き》った。つづいて二位《い》の選手《せんしゅ》、三位《い》の選手《せんしゅ》もゴールし、遅《おく》れて四位《い》の選手《せんしゅ》もゴールする。

いつの間《ま》にか立《た》ちあがっていたあたしはストンといすに座《すわ》った。

あがった息《いき》を整《ととの》え、なんとか冷静《れいせい》な声《こえ》をだして結果《けっか》を伝《つた》える。

『一位《い》はチーム二組《くみ》の白組《しろぐみ》、二位《い》はチーム三組《くみ》の紅組《あかぐみ》、三位《い》はチーム四組《くみ》の白組《しろぐみ》、そして四位《い》はチーム一組《くみ》の紅組《あかぐみ》でした。選手《せんしゅ》のみなさんに今一度《いまいちど》、大《おお》きな拍手《はくしゅ》をお願《ねが》いします！』

グラウンドが拍手《はくしゅ》に包《つつ》まれて、あたしの出番《でばん》もおわった。

……ちゃんとできた、かな。

全力《ぜんりょく》をだしきって空《から》っぽになって、退場《たいじょう》する選手《せんしゅ》たちをぼけっと見送《みおく》ってたら、となりから声《こえ》をかけられる。

「おつかれさま」

五十嵐先《いがらしせん》パイはとなりでマイクの音量《おんりょう》などをずっと調整《ちょうせい》してくれていた。サポートしてくれたお礼《れい》を言《い》いたいのに、のどがすっかりカラカラだ。

自分《じぶん》の水筒《すいとう》が見《み》つからなくてキョロキョロしてたら、先《せん》パイが自分《じぶん》の水筒《すいとう》のカップに麦《むぎ》茶《ちゃ》を注《そそ》いでわたしてくれた。

「あ……ありがとうございます」

と、カップを受《う》けとってから気《き》がつく。

……これ、もしかして間接《かんせつ》キス、というものになるのでは……？

「どうかした？」って聞《き》かれたあたしは顔《かお》を赤《あか》くしたまま、ふるふるとカップに口《くち》をつける。冷《つめ》たい麦茶《むぎちゃ》がオアシスのわき水《みず》みたいにおいしい。

「ヒナちゃん、すっごくよかった！」

アサギ先《せん》パイがやって来《き》たのであたしは放送席《ほうそうせき》をゆずった。次《つぎ》はリレーの男子《だんし》の部《ぶ》、アサギ先《せん》パイの出番《でばん》だ。

「アサギ先《せん》パイに教《おし》えてもらったおかげです」

「がんばったのはヒナちゃんだよ」

それからヒビキくんを見《み》る。ヒビキくんはぐっと親指《おやゆび》を立《た》てた。

「最後《さいご》の『行《い》っけー！』がすごかった」

たちまち顔《かお》が赤《あか》くなる。テンションがあがっちゃって最後《さいご》は夢中《むちゅう》だった。けど、これはこれで楽《たの》しかったし、結果《けっか》オーライってことにしておく。

水筒《すいとう》のカップを両手《りょうて》で持《も》ったまま、そっと五十嵐《いがらし》先《せん》パイを見《み》る。先《せん》パイはなんだかうれしそうな顔《かお》でこう言《い》ってくれた。

「ヒナさんがこんなにできるなんて思《おも》わなかった」

……やってよかった。

失敗《しっぱい》もしたし反省《はんせい》もしてるけど、やろうと思《おも》ったことはよかった。

逃《に》げないでよかった。

色《いろ》んなことがわかってよかった。

残《のこ》っていた麦茶《むぎちゃ》を飲《の》みほして、ペコッと頭《あたま》をさげて五十嵐《いがらし》先《せん》パイにカップをかえす。

先《せん》パイが見《み》てくれてるこの部活《ぶかつ》で、これからも色《いろ》んなことをできるようになりたい。

エピローグ

無事《ぶじ》に閉会式《へいかいしき》が終了《しゅうりょう》し、今年《ことし》の体育祭《たいいくさい》はおしまいになった。

帰《かえ》りのホームルームのあと、朝《あさ》とは逆《ぎゃく》、使《つか》いおわった機材《きざい》を放送室《ほうそうしつ》に片《かた》づける。

「ヒナさんはムリしないこと」

五十嵐先《いがらしせん》パイにそう言《い》われて、あたしは運搬係《うんぱんがかり》を免除《めんじょ》された。代《か》わりに、みんなが本部《ほんぶ》テントからひきあげた機材《きざい》を放送室《ほうそうしつ》の棚《たな》や段《だん》ボール箱《ばこ》に片《かた》づける役目《やくめ》をひき受《う》ける。

濡《ぬ》らしたぞうきんでコードについた土《つち》ぼこりをふいて、くるくるまいてしまってく。

そうしてひととおり片《かた》づけがおわってひと息《いき》ついていたら、あいていた放送室《ほうそうしつ》のドアから五十嵐先《いがらしせん》パイが入《はい》ってきた。

「機材《きざい》は全部運《ぜんぶはこ》びおわったけど、ヒナさんはどう？」

「あ、こっちもおわりました！」

かけ寄《よ》ると、先《せん》パイは放送室《ほうそうしつ》の鍵《かぎ》と何《なに》か四角《しかく》いものを持《も》っている。

「景山先生《かげやませんせい》からさしいれ」

紙《かみ》パックのスポーツドリンクだ。

「ありがとうございます！」

放送室《ほうそうしつ》の鍵《かぎ》をしめるのかなって思《おも》ったけど、先《せん》パイはそこに立《た》ったままだ。

何《なに》か言《い》いたそうなその目《め》に首《くび》をかしげると、どこに持《も》っていたのか、今度《こんど》は白《しろ》っぽい紙《かみ》の包《つつ》みをさしだしてくる。

「これも景山先生《かげやませんせい》のさしいれですか？」

「ううん、これはぼくから」

五十嵐先《いがらしせん》パイから？

ドキドキしながらもらった包《つつ》みをあけると、なかからシャーペンがでてきた。

壊《こわ》しちゃったお気《き》に入《い》りのシャーペンみたいに、ぷらぷらゆれるかざりがついている。

昼寝《ひるね》するみたいに丸《まる》まったネコだ。

「これ……」

「シャーペン、壊《こわ》しちゃってたから」

図書館《としょかん》で踏《ふ》んづけちゃったせいで、ここ最近《さいきん》は町内会《ちょうないかい》の名前《なまえ》が入《はい》ってる地味《じみ》なシャーペンを代《か》わりに使《つか》ってた。

「も、もらっていいんですか？」

「本当《ほんとう》はウサギのヤツがいいと思《おも》ったんだけど、見《み》つけられなかったんだ。だから気《き》に入《い》ってくれるかはわからないけど……」

「ネコも大好《だいす》きです！」

シャーペンそのものも、先《せん》パイがあたしのためにさがしてくれたことも、飛《と》んではねたいくらいうれしい。

けど、先《せん》パイがあたしにシャーペンをくれる理由《りゆう》がまったくわからない。

と思《おも》っていたのが伝《つた》わったんだろう。

「ヒビキに、ヒナさんがおちこんでたからあやまれって怒《おこ》られたんだ。『ナガレはわかりにくいんだからわかりにくいことすんな』って」

飛《と》びはねてた気持《きも》ちはちょっとおちつきをとりもどした。ヒビキくん、先《せん》パイとか関係《かんけい》なくはっきり言《い》うあたりがすごい。

「だからおわび。それにヒナさん、先週誕生日《せんしゅうたんじょうび》だったよね？」

「ほえっ!?」

思《おも》わずヘンな声《こえ》がでた。再《ふたた》び気持《きも》ちがぴょこっとはねる。

だってだってだって。

「なんで誕生日《たんじょうび》知《し》ってるんですか？」

プレゼントちょーだいアピールなんてもちろんしてないし、そのころは期末《きまつ》テストでそんな余裕《よゆう》もなかった。

「前《まえ》に自分《じぶん》で言《い》ってたよ。お昼《ひる》の放送《ほうそう》が再開《さいかい》する前《まえ》、部《ぶ》で会議《かいぎ》してたときかな？」

そんなの自分《じぶん》でも覚《おぼ》えてないのに……。

頭《あたま》のてっぺんから耳《みみ》の先《さき》まで熱《あつ》い。ぷらぷらゆれてるネコをじいっと見《み》つめて、両手《りょうて》でぎゅっとにぎる。

「か……家宝《かほう》にしますっ！　ありがとうございます！」

先《せん》パイはふきだすみたいに笑《わら》う。

五十嵐
藍内

「ヒナさんって、ときどき大《おお》げさだよね。普通《ふつう》に使《つか》ってよ」

先《せん》パイのせいでこんな風《ふう》に大《おお》げさになっちゃうの、どうしたらわかってもらえるんだろ。

「行《い》こうか？」って聞《き》かれてうなずいた。先《せん》パイは放送室《ほうそうしつ》の鍵《かぎ》をしめながら、ふいに何《なに》かを思《おも》いついた顔《かお》になる。

「誕生日《たんじょうび》プレゼントのこと、ヒビキとアサギには内緒《ないしょ》で」

「なんでですか？」

「ヘンなウワサになったら、ヒナさんこまるかなって」

またヘンな声《こえ》がでかけたけど今度《こんど》は飲《の》みこんだ。シャーペンを持《も》った右手《みぎて》がぷるぷるしてて、あわてて左手《ひだりて》でおさえこむ。

……今《いま》のはどういう意味《いみ》だろう。

五十嵐《いがらし》先《せん》パイのことだし、深《ふか》い意味《いみ》なんてない可能性《かのうせい》のほうが高《たか》いけど。

ヘンなウワサになりそうなことをしてるって、先《せん》パイが自分《じぶん》で思《おも》ってるってこと？

……全然《ぜんぜん》『ヘン』じゃないです！

むしろそういうウワサならウェルカムです！

とはさすがに言《い》えない。心《こころ》のなかでねじりハチマキみたいに身《み》をよじる。

「……ヒナさん？」

気《き》がつけば先《せん》パイは廊下《ろうか》を歩《ある》きだしてて、いつまでもドアの前《まえ》から動《うご》かないあたしを不《ふ》思議《しぎ》そうに見《み》てる。

「行《い》かないの？」

「……い、行《い》きます！　今《いま》すぐ行《い》きます！」

足《あし》がもつれて転《ころ》びそうになりつつも、なんとかこらえて先《せん》パイのもとへかけた。

顔《かお》がとけそうなくらい熱《あつ》くて、さすがにヘンに思《おも》われそう。

どうしようもなくドキドキしてたけど先《せん》パイは気《き》づかない。窓《まど》からさしこんだ夕日《ゆうひ》があたしの顔色《かおいろ》をかくしてて、あたりをオレンジ色《いろ》にそめていた。

あとがき

また『この声《こえ》とどけ！』でお会《あ》いできてうれしいです、神戸遥真《こうべはるま》です。

1巻《かん》を読《よ》んでくれたみんなのおかげで2巻《かん》をだせました。本当《ほんとう》にありがとう！

2巻《かん》は期末《きまつ》テストとか体育祭《たいいくさい》とか色々《いろいろ》ありましたが、放送部《ほうそうぶ》のみんながそれぞれ抱《かか》えている悩《なや》みを聞《き》いたり共有《きょうゆう》したりしながら、お互《たが》いを知《し》っていくお話《はなし》です。

人《ひと》が考《かんが》えていることは、言葉《ことば》にしないとなかなか伝《つた》わりません。

そして、言葉《ことば》にするきっかけは、ちょっとした勇気《ゆうき》や相手《あいて》への思《おも》いやりだったりします。

考《かんが》えてることを思《おも》いきって話《はな》してみようかなとか、誰《だれ》かの元気《げんき》がなさそうだから聞《き》いてみようかなとか。

もちろん言葉《ことば》ですべてが伝《つた》わるわけではないけど、そういう気持《きも》ちは大事《だいじ》にしたいです。

あと、そういうことを言《い》いあえる仲間《なかま》や友《とも》だちも大事《だいじ》だなーって思《おも》います。

このお話《はなし》を書《か》くにあたり、司会《しかい》やアナウンス業《ぎょう》にくわしい高橋里英《たかはしりえ》さんに取材《しゅざい》させていただきました。学生時代《がくせいじだい》からの大事《だいじ》な友《とも》だちです。ご協力《きょうりょく》ありがとうございました！

また、1巻《かん》にひきつづきイラスト担当《たんとう》の木乃《きの》ひのき先生《せんせい》、今回《こんかい》もありがとうございました！　木乃先生《きのせんせい》にまたイラストを描《か》いていただけるのをとっても楽《たの》しみにしていました。

それから、いつも感想《かんそう》をくださる担当様《たんとうさま》、編集長様《へんしゅうちょうさま》、校正様《こうせいさま》、デザイナー様《さま》、この本《ほん》に関《かか》わってくださったすべての方《かた》にお礼申《れいもう》し上《あ》げます。

そしてそして、1巻発売後《かんはつばいご》におたよりをくれたみんなにも心《こころ》からの感謝《かんしゃ》を！　おたよりとってもうれしかったです。よかったらまた2巻《かん》の感想《かんそう》も教《おし》えてください。

それでは、またべつの本《ほん》でお会《あ》いできたらうれしいです！

二〇一八年《ねん》　神戸遥真《こうべはるま》

【参考文献】『プロアナウンサーの「伝える技術」（ＰＨＰ新書）』石川顕　ＰＨＰ研究所

「この声とどけ！」2巻目おめでとうございます！
またヒナちゃんたちに会うことができて嬉しいです、
イラストを描かせていただきました木乃ひのきです。

１巻あとの放送部がどうなったのかとっっっってもも気になっていたので
こうして放送部の活動をまた見ることができて嬉しいです。しかも体育祭！
成長して頑張ってるヒナちゃんをがんばれー！と応援しつつ、
恋模様にどきどきしつつ…！！（最初びっくりした…！）
恋模様…どうなっちゃうんだ。。。!?
五十嵐センパイ、浅黄センパイ、ヒビキくん……気になります。
…気になりすぎます神戸先生ー！(>ω <三>ω <)

またイラスト描かせていただき
ありがとうございました！

木乃ひのき

集英社みらい文庫

この声《こえ》とどけ！
放送部《ほうそうぶ》にひびく不協和音《ふきょうわおん》⁉

神戸遥真《こうべはるま》　作
木乃《きの》ひのき　絵

ファンレターのあて先
〒101-8050　東京都千代田区一ツ橋2-5-10　集英社みらい文庫編集部
いただいたお便りは編集部から先生におわたしいたします。

2018年9月26日　第1刷発行
2020年9月15日　第4刷発行

発行者　北畠輝幸
発行所　株式会社 集英社
〒101-8050　東京都千代田区一ツ橋2-5-10
電話　編集部 03-3230-6246
読者係 03-3230-6080
販売部 03-3230-6393（書店専用）
http://miraibunko.jp
装丁　+++ 野田由美子　中島由佳理
印刷　大日本印刷株式会社　凸版印刷株式会社
製本　大日本印刷株式会社

★この作品はフィクションです。実在の人物・団体・事件などにはいっさい関係ありません。

ISBN978-4-08-321459-2　C8293　N.D.C.913　190P　18cm

「みらい文庫《ぶんこ》」読者《どくしゃ》のみなさんへ

言葉《ことば》を学《まな》ぶ、感性《かんせい》を磨《みが》く、創造力《そうぞうりょく》を育《はぐく》む……、読書《どくしょ》は「人間力《にんげんりょく》」を高《たか》めるために欠《か》かせません。

たった一枚《いちまい》のページをめくる向《む》こう側《がわ》に、未知《みち》の世界《せかい》、ドキドキのみらいが無限《むげん》に広《ひろ》がっている。

これこそが「本《ほん》」だけが持《も》っているパワーです。

学校《がっこう》の朝《あさ》の読書《どくしょ》に、休《やす》み時間《じかん》に、放課後《ほうかご》に……。いつでも、どこでも、すぐに続《つづ》きを読《よ》みたくなるような、魅力《みりょく》に溢《あふ》れる本《ほん》をたくさん揃《そろ》えていきたい。読書《どくしょ》がくれる、心《こころ》がきらきらしたり胸《むね》がきゅんとする瞬間《しゅんかん》を体験《たいけん》してほしい、楽《たの》しんでほしい。みらいの日本《にほん》、そして世界《せかい》を担《にな》うみなさんが、やがて大人《おとな》になった時《とき》、「読書《どくしょ》の魅力《みりょく》を初《はじ》めて知《し》った本《ほん》」「自分《じぶん》のおこづかいで初《はじ》めて買《か》った一冊《いっさつ》」と思《おも》い出《だ》してくれるような作品《さくひん》を一所懸命《いっしょけんめい》、大切《たいせつ》に創《つく》っていきたい。

そんないっぱいの想《おも》いを込《こ》めながら、作家《さっか》の先生方《せんせいがた》と一緒《いっしょ》に、私《わたし》たちは素敵《すてき》な本作《ほんづく》りを続《つづ》けていきます。「みらい文庫《ぶんこ》」は、無限《むげん》の宇宙《うちゅう》に浮《う》かぶ星《ほし》のように、夢《ゆめ》をたたえ輝《かがや》きながら、次々《つぎつぎ》と新《あたら》しく生《う》まれ続《つづ》けます。

本《ほん》を持《も》つ、その手《て》の中《なか》に、ドキドキするみらい――。

本《ほん》の宇宙《うちゅう》から、自分《じぶん》だけの健《すこ》やかな空想力《くうそうりょく》を育《そだ》て、〝みらいの星《ほし》〟をたくさん見《み》つけてください。

そして、大切《たいせつ》なこと、大切《たいせつ》な人《ひと》をきちんと守《まも》る、強《つよ》くて、やさしい大人《おとな》になってくれることを心《こころ》から願《ねが》っています。

２０１１年《ねん》　春《はる》

集英社《しゅうえいしゃ》みらい文庫《ぶんこ》編集部《へんしゅうぶ》